I0827578

EnREDada

EnREDada

Michèle Rodríguez

© Copyright 2026

Título original: EnREDada

Autora: Michèle Rodríguez

Primera edición: abril 2026

Diseño de cubierta: Janmi Pace @janmipace

Maquetación: Henko Ediciones

Depósito legal: GR 374-2026

ISBN: 979-13991025-5-0

© Todos los derechos reservados. No se permite la reproducción total o parcial de esta obra, ni su incorporación a un sistema informático, ni su transmisión en cualquier forma o por cualquier medio, sin el permiso previo y por escrito de la editorial.

Un juego inocente que se desboca hasta dejar de ser un juego. Una broma, una burla, un mote, un rumor, un mensaje anónimo, una amenaza... Así empieza todo.

Un lobo dentro, Pedro Mañas

Quiero dedicar esta novela a todos los que alguna vez se sintieron invisibles. A los que se esconden tras una pantalla, no por cobardía, sino por timidez o miedo, a los que sufren en silencio, a los que confunden los *likes* con la amistad y el acoso con el juego.

Este libro es para todos vosotros, para recordaros que no estáis solos, que vuestra voz importa.

Y también para los que se equivocan, que hieren a los demás porque no saben cómo gestionar su propio dolor, y les quiero decir que crecer es también aprender a pedir perdón, y a veces, a perdonarse.

Ojalá el mensaje de este libro os alcance, os invite a hablar, os anime a apagar la pantalla cuando la vida duela demasiado y a buscar la felicidad en el mundo real.

PRÓLOGO

Mensaje en la oscuridad

Son las 3:17. El zumbido del móvil rasga el silencio de la habitación sumida en la penumbra. Martina se despierta y se incorpora con la mente todavía adormilada. El móvil, boca abajo sobre la mesita, vibra y se ilumina la pantalla durante un segundo, antes de quedar en silencio.

Martina se frota los ojos y lo desbloquea con el pulgar, medio dormida. No se trata de una llamada, ni una notificación, sino de un mensaje desde un número desconocido y es breve, solo una frase:

Despierta.

Se sobresalta, no entiende. El móvil vuelve a vibrar y aparece otro mensaje.

Sé quién eres, Ayla Roja.

Frunce el ceño, traga saliva y vuelve a leer. Percibe algo inquietante en esa frase, no solo por lo que dice, sino por lo que implica. Siente que quien la ha escrito la conoce, que habla como si pudiera leer su mente. Ayla Roja es el nombre que ha escogido, la máscara digital detrás de la cual se esconde, una versión mejorada de sí misma. Pero ¿cómo puede alguien saber eso y relacionar esta información con su número de móvil?

Inquieta, enciende la luz de la mesita y mira a su alrededor. Está en casa, en su habitación, y es la misma de siempre; su mirada recorre los libros amontonados en la estantería, el abrigo que ha dejado en la silla, el portátil con la pantalla abierta. No encuentra nada extraño, sin embargo no consigue volver a dormirse.

Piensa en responder al mensaje, pero duda; no hay remitente, el número está oculto, y podría ser peligroso. Se queda mirando la frase que ha quedado escrita en la pantalla, hasta que el móvil se apaga. Es como si hubiera desaparecido, y nunca hubiera estado ahí. Respira hondo y siente un alivio provisional mientras intenta pensar. Pero justo después, un escalofrío le recorre la espalda, mientras una sensación desagradable se apodera de ella.

Intenta tranquilizarse, pensando que tal vez sea una broma, pero algo le dice que no, que no se trata de un error. De pronto se da cuenta de que está ansiosa, que le cuesta respirar, como si el aire de su habitación se hubiera vuelto denso, y una presencia invisible hubiera entrado.

Vuelve a mirar el teléfono, lo agarra y su pulgar tiembla en la pantalla. ¿Responder? ¿Borrar? Indecisa, duda durante un instante y al fin, decide contestar: «¿Quién eres?», escribe con dedos temblorosos.

Mira durante unos segundos la pantalla iluminada y al ver que nadie le responde, acaba desistiendo.

Apaga la luz y se vuelve a tumbar en la cama, con el móvil entre las manos, incapaz de cerrar los ojos.

Afuera, está lloviendo y el viento aúlla entre las ramas de los árboles. En su habitación, todo parece tranquilo pero dentro de ella, hay un silencio atronador, como una amenaza latente que le susurra que su paz ha terminado.

PARTE 1

Rastreo

Lo único que me da miedo es no saber distinguir lo que es real y lo que no lo es.

Eloy Moreno (Redes)

Capítulo 1

Desvelo

Pasan las horas y Martina sigue sin poder conciliar el sueño, con el zumbido del móvil aún resonando en sus oídos. Se incorpora sin encender la luz y durante unos segundos se pregunta si lo ocurrido ha sido real. Casi piensa que lo ha soñado. Pero ahí está el teléfono, en la mesita; lo desbloquea y vuelve a mirar el mensaje.

Solo una línea. «Sé quién eres, Ayla Roja».

No conoce el número, ni hay nombre, nada que permita identificar el remitente. Como si el mensaje hubiera surgido de la nada, o lo hubiera escrito un fantasma. Martina lo lee una vez, y otra, y otra...

Primero baraja la posibilidad de alguna broma, después piensa en una equivocación. Descarta las dos y luego se queda en blanco. Deja de buscar explicaciones porque no las hay, y el miedo empieza a apoderarse de ella.

Se queda quieta, sentada en la cama con las piernas cruzadas, el edredón arrugado a sus pies. Deja que le envuelva la oscuridad pero no puede cerrar los ojos. No se atreve porque todo su cuerpo está tenso y en alerta.

La sombra de las sábanas proyecta formas extrañas en la pared de su habitación, El silencio que suele reconfortarla cuando se va a dormir, le resulta por primera vez agobiante, demasiado denso, como si en él se escondiera algún peligro. El tic-tac del despertador analógico parece acelerarse y se oye cada vez más fuerte.

Se levanta sin hacer ruido. La habitación está en penumbra, apenas iluminada por el resplandor débil de la calle. Martina sabe que debería apagar el móvil, dejarlo a un lado, convencerse de que todo es una broma, un error, un mensaje equivocado. Pero no puede. La frase sigue latiendo en su cabeza, repitiéndose en bucle.

Camina descalza por el suelo frío hasta la ventana y se asoma, apartando la cortina para mirar a fuera. Una farola proyecta su luz glauca en la calle vacía, donde los coches alineados parecen dormir. A pesar de una aparente normalidad, algo en ella ha cambiado. Siente una presión sutil en la nuca, una tensión en los hombros, como si alguien estuviera mirándola desde algún rincón invisible.

Ya no llueve y el viento ha remitido, las ramas de los árboles apenas se mecen. Nada raro, nada visible, y sin embargo, Martina no se siente tranquila. Enciende la pequeña lámpara de su escritorio. La luz cálida proyecta su sombra sobre la pared, y sé sobresalta al ver esa silueta, la suya; le resulta inquietante por un segundo, como si fuera ajena. Vuelve a tumbarse en la cama. ¿Quién le ha escrito? ¿Quién sabe tanto sobre ella? Intenta razonar. No puede ser nadie del instituto, no se relaciona con casi nadie ni tiene amigas aparte de Gema.

De pronto se le ocurre pensar que tal vez, se trate de alguien del grupo. Lo descarta en seguida. El Rincón Seguro es un grupo de apoyo psicológico, creado para ayudar a sus miembros, a las personas que, como ella, se sienten vulnerables. Samuel, el moderador, es una persona recta y rigurosa, seguro que no lo permitiría.

¿Podría ser una broma pesada de algún desconocido que la ha visto en redes? No tiene sentido. Hace poco que ha creado sus perfiles y ha empezado a subir fotos. No se ha metido con nadie, ni ha dejado comentarios desagradables. Empieza a sentir la ansiedad crecer en ella como una ola, y se obliga a respirar hondo, como le han enseñado en el grupo de apoyo. Cuatro segundos al inhalar, cuatro al sostener, cuatro al exhalar. Pero no funciona.

El móvil vuelve a vibrar. Martina pega un brinco en la cama. Pero esta vez es una notificación trivial: la previsión del tiempo para mañana. dieciocho grados, algo de viento.

Ridículo, todo es ridículo. Y, sin embargo, no puede negar que el mensaje le ha afectado. Como si algún desconocido hubiera pulsado un resorte oculto dentro de ella. Le ha escrito «Despierta». ¿Qué significa «despierta»? ¿Quién es el que la observa?

Se levanta otra vez. Va hasta el espejo del armario y se mira. Bajita, gordita, cara redonda con pecas, ojeras leves cercando sus ojos azules, pelo rubio enredado, camiseta de dormir con un logo descolorido. Todo sigue igual, salvo algo nuevo en sus ojos, un brillo febril, miedo.

Se acuesta de nuevo. Cierra los ojos, los vuelve a abrir. Repasa en su mente los últimos días. Las conversaciones del grupo, las frases cruzadas con Xavi, las sesiones con el grupo de Samuel. El aburrimiento, la rutina diaria, la sensación de estar sola, aislada, y de no avanzar.

Y ahora, este mensaje. Sin explicación, sin identidad, un mensaje que no pide nada, pero lo dice todo, como una advertencia.

Llega el amanecer, y con él, las primeras luces que ahuyentan la oscuridad, pero no sus temores. Martina sigue despierta, no ha logrado dormir ni un minuto. Se levanta y suspira agotada, y mientras cierra los ojos bajo la ducha, recuerda cómo todo empezó, dos meses atrás.

Capítulo 2

Dos meses antes

Hoy es el primer día. Cambio de barrio, de casa y lo que es peor de instituto. No es que estuviera feliz en el anterior pero por lo menos era un lugar familiar, aprendido, conocía a la gente, sabía a quién temer, a quién evitar, y sobre todo lograba pasar desapercibida. El hostigamiento que sufrí allí desde el principio nunca cesó, pero al final me acostumbré, inventé recursos para soportarlo. Además estaba Gema a mi lado, mi amiga del alma que nunca me fallaba.

Ahora toca volver a empezar desde cero; me repito que en parte no es malo cambiar de instituto, tal vez no vuelvan a acosarme, no tiene por qué repetirse la misma historia. No creo que lleve escrita en la frente para siempre la palabra víctima.

Siento que a partir de ahora, voy a tener que cambiar de piel, pero no por decisión propia, sino porque mi familia se ha mudado y he tenido que seguirlos. No me queda otra. Implica salir de mi zona habitual, que tampoco se puede llamar de confort porque no, nunca ha sido confortable, alejarme de mi pequeño mundo aburrido pero conocido, y enfrentarme al mundo. Nuevo ambiente, nuevas normas, nuevos compañeros.

Llego por primera vez a este lugar nuevo y cuando entro y miro el edificio, me parece más grande, pero sobre todo más atractivo y brillante; entonces me doy cuenta de que no encajaré en él, porque me siento pequeña, sosa, gorda y aburrida, como siempre.

Este primer día de instituto empieza mal. Ahora me arrepiento de no haberme arreglado un poco porque, desde el primer momento, me siento observada, juzgada, despreciada. He venido sin pintar, con mis vaqueros desgastados y el pelo recogido en una coleta mal hecha. Sin embargo, las demás chicas parecen sacadas de una revista, con sus cuerpos perfectos, sus dientes blancos y sus melenas espectaculares.

Las miro de lejos y las admiro en silencio. Observo cómo interactúan con los chicos, todo son bromas, seducción, coqueteo y sonrisas calculadas. Todo es apariencia, lo sé, pero aun así me gusta, y aunque me cuesta admitirlo, desearía parecerme a ellas, formar parte de su grupo. Es que necesito desesperadamente encajar.

Voy a echar de menos a Gema, otra chica tan gorda, aburrida e invisible como yo, que me ha acompañado todo este tiempo Las dos compartimos durante años recreo, confidencias y teníamos los mismos complejos, las dos soñamos con adelgazar, hacernos algunos retoques estéticos y por qué no, encontrar el amor. Gema siempre me intentaba subirme la moral, diciéndome que era guapa, con unos ojos azules preciosos, que solo me sobraban algunos kilos, pero creo que lo decía porque me quería, no porque fuera verdad.

Recuerdo cómo nos reíamos juntas, nos entendíamos sin necesidad de hablar. Cuando una de las dos se venía abajo, la otra le decía «eres como una antorcha en una cueva». Era una frase que nos habíamos inventado, tiempo atrás, una tarde de lluvia. Significaba que nos valorábamos mutuamente, nos apoyábamos y nos dábamos fuerza, éramos la luz que necesitaba la otra. Pero ahora me doy cuenta de que ni siquiera con Gema me atrevía a sincerarme y decir lo que realmente sentía.

En el instituto anterior, lo pasé muy mal. Primero fueron las bromas crueles: «Tienes cara de luna llena, tendrías que ponerte a dieta, ¿por qué no dejas de comer y te apuntas al *gym*? Ganarías mucho si te cambiaras la ropa y te arreglaras un poco…»

Intenté hacer caso omiso. Luego, empezaron las risas a mis espaldas, el ninguneo, el aislamiento, las salidas a las que no me invitaban. Hasta que un día los ataques pasaron a otro nivel, pellizcos empujones, bofetadas…

Capté el mensaje, me acobardé, dejé de hablar y aprendí a ser invisible. No lo conté en casa, tampoco nadie preguntó cómo me sentía. Mi madre estaba siempre cansada, mi padre, ocupado. Y yo… sola.

* * *

Quiero pensar que aquí todo va a cambiar, voy a conseguir que todo sea diferente, me lo digo para darme valor y me lo repito mientras cruzo el patio bajo la mirada despectiva, o eso me parece, de todos los demás.

Ya no está Gema para agarrarse a mi brazo y repetirme que pase de todos ellos, que soy la mejor y que todo va a ir bien mientras estemos juntas. Nunca he sido la mejor, pero eso tiene que cambiar.

* * *

Durante esta primera semana, decido mantener un perfil bajo, quiero decir que no voy a abrir la boca ni decir una palabra en clase. De momento, nadie parece reparar en mí, pero aun así, percibo las miradas como un roce constante, como si mi apariencia, bajita, de formas redondeadas, con ese pelo rubio entre liso y rizado que nunca sé cómo peinar, fuera demasiado ordinaria. Me siento desplazada, sosa y a la vez invisible; a veces me gustaría serlo, me encantaría desaparecer.

Desde el principio del curso, Gema ha intentado conservar la relación, me ha escrito casi cada día por WhatsApp para animarme, pero algo en mí ya se está alejando sin que lo pueda explicar. No tengo ganas de hablar con ella, y de tres mensajes, solo le contesto a uno.

Estoy harta. No es culpa de Gema, sino mía, del espejo, de mis complejos y de mis comparaciones absurdas con las demás. Creo que mi tiempo con Gema ha terminado y que ya nada va a ser igual que antes entre las dos. Ya no nos podemos refugiar la una en la otra, ni debemos hacerlo, y es mejor así. Juntas, todo nos va peor. Es hora de que las dos sigamos nuestro propio camino.

Después de varios días, parece que Gema se ha dado por aludida. Su último mensaje ha sido escueto, del estilo: «te echo de menos, cuando te acuerdes de mí, escríbeme que yo siempre estaré por ti». No le he contestado y me siento mal por eso, pero es hora de empezar algo nuevo, y de pasar página. Esto implica dejar atrás a mi viejo yo. Y Gema es el reflejo de este viejo yo.

Sueño con ser otra, que me miren de verdad, con otros ojos. Pero luego me digo que no lo merezco, que soy ridícula, y me critico, siempre lo hago. La voz dentro de mí me repite que no soy suficiente. En casa tampoco encuentro refugio. Mis padres andan enfrascados en sus propios problemas, siempre cansados y ocupados. La cena diaria transcurre en silencio y al desayuno, nos cruzamos con prisas. Cada uno va a lo suyo y yo hago lo mismo. He aprendido a no molestar, a pasar desapercibida incluso en mi propia casa en la que me siento sola, como en todas partes.

No suelo moverme mucho en redes, pero hace unos días, navegando por Internet, encontré un foro, El Rincón Seguro. Decía ser un grupo nuevo de apoyo emocional online para adolescentes, moderado por un tal Samuel, y me llamó la atención, sobre todo porque él y todos los participantes estaban en mi ciudad, Granada.

Me inspiró confianza y pensé que, por el hecho de indicar su ubicación, parecía fiable; sin embargo, al principio decidí ser prudente, solo entré como invitada, para curiosear, enterarme de lo que iba, de las actividades y leer lo que compartían los demás. Vi que todos los miembros eran chicas y chicos más o menos de mi edad, con problemas, como los míos; me reconocí en sus miedos, en sus complejos, en su soledad.

Me apunté al grupo y, al cabo de unos días, empecé a participar una primera vez, y luego otra. Samuel me respondió las dos veces con delicadeza y amabilidad y me cayó bien. Empecé a hablar más, y a pasar más tiempo allí que en cualquier otra parte. Me sentía menos sola, a veces incluso útil.

Al cabo de unos días, Samuel sugirió empezar a hacer sesiones *on line*, viéndonos las caras, para conocernos mejor, para que todo fuera más real y menos virtual, menos anónimo. Me entró pánico y mi primera reacción fue negarme, pero luego lo pensé mejor y decidí aceptar. ¿A quién le importaba mi aspecto? No estaba en el grupo para buscar pareja sino para intentar encontrar apoyo emocional. ¿Quién me iba a juzgar?

Ver el rostro real de los demás, me tranquilizó. Todos eran chicos y chicas normales, con problemas igual que yo. Uno de ellos, un tal Xavi me gustó, moreno con ojos azules, pelo rizado, tenía una cara de buena persona, aunque me pareció un poco serio. Su actitud con los demás siempre era respetuosa y empática. Pensé que con el tiempo podríamos ser amigos. En cuanto a Samuel, el mediador, era un psicólogo de unos treinta años, que parecía alto y corpulento, pero también era simpático y afable. Me pareció atento y responsable y me inspiró confianza.

Empezamos las sesiones, hablando por turnos, de forma voluntaria, expresando nuestro malestar y nuestros problemas. Xavi explicó que no estaba a gusto en su casa, que sus padres tenían una relación tóxica no solo entre ellos sino también con él y que solo deseaba escapar de allí, pero que aún no podía. Que se refugiaba en las redes, que le gustaba la informática y casi era un experto en programación.

Cuando me tocó, me sentí estúpida. Y de pronto mis problemas me parecieron insignificantes. ¿Qué les podía decir? ¿Que no me gustaba, ni estaba conforme con mi cuerpo, que soñaba con adelgazar, hacerme retoques para ser más guapa y ser una chica popular?

Aun así, decidí sincerarme y Samuel me felicitó por mi valentía. Dijo que todos juntos aprenderíamos a mejorar nuestra autoestima, que desarrollaríamos herramientas para controlar nuestro síndrome del impostor y nuestra tendencia al autosabotaje, etc.

Me pareció un tipo genial y muy confiable y poco a poco, me fui abriendo al grupo, y empecé a contar la verdad sobre mí, como lo hacían todos. Donde iba al instituto, en qué barrio vivía, etc.

Desde entonces, me siento más acompañada, menos sola. Tengo con ellos las conversaciones que debería tener con mis padres, si decidieran acordarse de que tienen una hija adolescente. Pero por desgracia, no es el caso.

***

En el instituto, han pasado los primeros días sin incidentes, y aunque solo sea por eso, me siento bastante tranquila, casi feliz. Me ignoran, y me tratan como si no existiera, pero por lo menos no me acosan. Ya estoy acostumbrada a que me rechacen, así que no me importa su desprecio, solo es más de lo mismo. Pero aun así, no me rindo, pienso aguantar, buscar una manera de hacerme un hueco y conseguir que por fin me acepten tal como soy.

Estos días, me he fijado que mis compañeras tienen móviles super buenos y suben fotos suyas, *reels* e historias, que comparten y comentan. Mi móvil es viejo, nada que ver con los suyos. Muchos llevan el precioso símbolo de la manzana, y aunque el mío tiene acceso a internet, no da para mucho más. Ahora mismo estoy en el recreo, y las miro desde el banco más apartado, junto al seto de laureles, mientras mastico mi sándwich sin ganas. El tiempo transcurre lento para mí, como si no avanzara. Me llegan sus risas y observo cómo se aprietan unas contra otras, enseñándose sus pantallas.

No soy la única en estar sola, veo que hay otros chicos, sentados aquí y allá, leyendo, mirando su móvil o comiendo, cada uno en su rincón de anonimato, pero me siento apartada, aunque no incómoda.

Las chicas se pasan el móvil de una a otra. Comentan, se ríen, agrandan los ojos con exageración. Una dice algo sobre los filtros de belleza. Otra se graba haciendo una mueca mientras las demás le aplauden. Sus voces alegres se elevan, ligeras, despreocupadas, como si llevaran siglos sabiendo cómo estar en el mundo.

No puedo dejar de mirarlas, tampoco de admirarlas. Me fijo en sus labios pintados, sus cejas perfectas, sus ojos remarcados con delineador negro, sus ropas de marca que les sienta tan bien. Ellas no me conocen, pero yo sí a ellas, incluso sé cómo se llaman: Andrea, Lía, Sofía, son las más populares. Todas tienen un nombre breve y contundente acorde a su personalidad, todas llevan móviles grandes, con fundas llenas de purpurina o pegatinas kawaii. Todas llevan uñas de gel, donde relucen pequeños brillantes.

Sé que no es bueno compararme con otras, pero no puedo evitarlo. Saco mi móvil del bolsillo de mi abrigo, un móvil viejo, con la pantalla agrietada y una carcasa descolorida. Lo desbloqueo por costumbre, aunque sé que no tendré notificación alguna, sobre todo desde que Gema, por fin, ha dejado de escribirme.

La batería nunca aguanta un día entero y la cámara es un desastre. Distorsiona los colores y las fotos salen fatal. Hace una semana quise hacerme un *selfie*, solo para probar y salió borroso, con mala iluminación. Me gustaría tener uno como los suyos, y lucir con orgullo la manzana…

Pero no es solo porque me atraigan las marcas, la estética, la ropa cara, o el maquillaje, sino porque me fascina todo lo que provoca: la atención, la risa, la popularidad, ayuda a estar incluidas, formar parte del grupo y tener un lugar en él.

De pronto me imagino siendo una de ellas, no igual, porque sería del todo imposible, pero parecida. Distinta de mi versión actual, demasiado bajita, demasiado blanca, demasiado rellena. Me imagino más delgada, con otra ropa, otro peinado, y un maquillaje bonito.

Las chicas graban otro vídeo, con desparpajo y naturalidad, y el gesto que hacen al final, sacando la lengua y dedicándole un guiño a la cámara, me queda grabado en la mente. Y por un instante, me pregunto: ¿Y si pudiera ser una de ellas? ¿Y si pudiera aprender a posar, comportarme así, construirme una imagen distinta? ¿Y por qué no yo?

Lo descarto al momento. Estoy a kilómetros luz de ellas, no tengo su físico, ni su belleza, ni sus medios económicos. No me puedo comparar, pero siento que algo ha comenzado a abrirse paso en mi mente. De momento es solo una semilla pero tal vez con el tiempo…

Me levanto la última cuando suena el timbre, vuelvo a guardar el móvil, mientras una idea se repite en mi cabeza y no me abandona. ¿Por qué no? El resto del día transcurre lentamente hasta que por fin suena el timbre que marca el final de las clases.

Esta tarde, al llegar a casa, saludo de lejos a mi madre y me encierro en mi habitación sin acercarme a ella. Hace tiempo que no me detengo en la cocina para darle un beso y contarle cómo ha ido el día; mi madre tampoco me presta atención. Desde que nos hemos mudado, todo se ha vuelto peor y se ha creado un ambiente extraño en casa. Se ha instalado una indiferencia que se hace cada día más evidente y más dura, como la costra invisible de una herida que nunca termina de cerrar.

Me tumbo en la cama, con el móvil en la mano, mientras afuera, empieza a llover, y la lluvia tamborilea contra los cristales. En mi mente, desfilan las escenas del día: las risas de las chicas, el movimiento ligero de sus dedos deslizándose sobre la pantalla, la facilidad con la que posan, su naturalidad, su autoestima por las nubes. Y luego me visualizo a mí, me vuelvo a ver escondida en un rincón apartado, invisible, como si me diera vergüenza existir.

«¿Y si fuera otra?»

La pregunta entra en mi mente como una ráfaga de aire fresco. Abro Instagram, voy a una cuenta que sigo en silencio desde hace meses, la de una *influencer* joven que publica *selfies,* fotos de libros, reflexiones y consejos y tiene miles de seguidores. Mi mirada recorre los comentarios que leo con una mezcla de admiración y envidia: «Eres arte» «Qué mirada» «Cuánto te admiro, me gustaría ser tú…»

Pienso que yo nunca podría hacer algo así, que no sería capaz de superar mi timidez, pero al momento, se cuela otra vez la voz en mi mente y esta vez me susurra: Tú no podrías, pero… ¿Y si no fueras tú? ¿Y si fueras otra?

No puedo contestar a eso, pero por alguna razón, me dejo llevar sin pensarlo. Como si mis dedos actuaran por su cuenta voy a configuración, y pulso la opción de añadir una nueva cuenta.

Ahora tengo que rellenar datos. ¿Nombre de usuario? Aún no lo tengo claro, lo añadiré después. En cuanto a la Imagen de perfil, ya pensaré en escoger una foto. Creo un correo nuevo, una clave nueva, una identidad nueva.

Pulso la tecla siguiente. Durante unos segundos, contemplo la cuenta vacía y siento algo especial. No es alivio, es algo como una sensación de poder, de determinación, como si hubiera dado un primer paso hacia el cambio, y hubiera empezado a crear una nueva versión de mí.

Me miro al espejo. Hoy no me encuentro fea, sé que tengo ojos azules grandes, una piel clara, un pelo rubio bonito, pero me sobra peso. Tengo que aprender a cuidarme, a arreglarme y a ser más coqueta. Ahora mismo, mi pelo está suelto y enredado. Me lo cepillo con cuidado, me pongo un poco de brillo en los labios, una camiseta negra sin dibujos, me siento junto a la ventana donde la luz gris de la tarde suaviza los contornos de mi cara. Me hago varias fotos, todas son horribles, pero tienen algo bueno y es que en ellas, no se me reconoce del todo; las borro todas, menos una. La subo como foto de perfil, pongo un nombre cualquiera a la cuenta, @SimplyMartina, y la guardo.

En la foto no soy guapa, ni soy yo tampoco, no del todo. Pero puedo hacerlo mejor. Puedo abrirme otra cuenta en la que aparezca más espectacular. Me acuerdo de las chicas del instituto, de lo arregladas que van y decido inspirarme en su ejemplo. Tengo que prepararme como si fuera a ir a una cita, y de hecho así es porque voy a encontrarme con mi nuevo yo, mi mejor versión.

Voy al armario y escojo un vestido rojo que me encanta pero que nunca me he atrevido a lucir. Hoy es el día, decido que hoy, por fin, me lo voy a poner. Y me atrevo a mirarme después en el espejo. Casi no me puedo creer que lo haya hecho. Luego me maquillo, perfilo mis ojos con delineador, me ahueco el pelo para darle más volumen y me pinto los labios de un rojo parecido al color del vestido. Ahora sí que parezco otra, aunque creo que nunca me atrevería a salir así a la calle.

Me hago una foto, con una luz tamizada, para crear un efecto íntimo y misterioso a la vez. No está mal, pero no me convence. Hago una segunda y una tercera y la cuarta me parece bonita. Después de mirar un tutorial, consigo añadirle un filtro suave y pongo un corazón en la esquina.

Subo la foto, y pienso que ahora tengo que escoger un nombre de usuario acorde a mi imagen. Después de navegar entre páginas de nombres, blogs de astrología, listas de significados y perfiles ajenos, no encuentro nada que me guste. Busco algo que me defina, pero también que me esconda, un nombre nuevo que sea como una piel distinta.

Tecleo en el buscador: «nombres de chicas que desprendan fuerza y poder». Me salen decenas: Luna, Aria, Maia, Selene, Indira… Ninguno me convence, ninguno suena a lo que pretendo ser. Es entonces cuando aparece uno distinto: **Ayla**.

Me llama la atención porque su sonido es suave, como una caricia. Pincho en el enlace y leo el significado: Ayla: nombre de origen turco que significa «halo de luna» o «luz que rodea la luna».

Luz en la oscuridad. Esto es justo lo que quiero ser, o por lo menos, lo que quiero mostrar. Quiero ser esta silueta luminosa que brilla sin revelar quién es. Lo repito varias veces en voz baja.

—Ayla…

Sí, suena bien, da una impresión de seguridad, de fuerza tranquila, como estas personas que llegan a un sitio y no necesitan levantar la voz para que todos se giren.

Luego pienso en añadirle un color, y transformarlo en @AylaRoja. No es que lo haya pensado, sino que es algo visceral. Rojo es el color del vestido que nunca me he atrevido a ponerme. Rojo es el color de la vergüenza que he sentido demasiadas veces. Rojo como la rabia que se me ha acumulado por dentro todo este tiempo. Ayla Roja.

No es un nombre real, sino un talismán, una promesa de lo que quiero llegar a ser.

Cierro los ojos, lo escribo, cuando tecleo @AylaRoja y creo mi perfil, siento que algo ha cambiado. Como si con ese gesto sencillo, elegir un nombre nuevo, he tomado por fin las riendas de mi historia.

Espero, hecha un manojo de nervios. Durante un rato no ocurre nada. Luego, llega una notificación. Un *like*, otro, otro más. Me llega un mensaje privado: «Hola. Qué bonita mirada».

Mi corazón da un brinco y se dispara, mientras el móvil tiembla en mi mano. Voy pegando saltos de alegría mientras se me escapa un grito de triunfo, y luego sonrío, como suelo hacer cuando nadie me ve. Tengo la sensación de haber encontrado por fin algo que me sirve, aún no sé si está bien o mal, pero en cualquier caso, sé que me acerca al cambio que tanto deseo.

En la pantalla brilla mi nuevo nombre: @AylaRoja. Un nombre que no parece mío. Y es justo por eso que lo he elegido. Ayla ha nacido. Martina, por ahora, se queda al margen. Guardo la otra cuenta por si acaso me sirve más adelante; además, no descarto crear otras. Podría ser divertido tener varias identidades y jugar a decir mentiras o verdades a medias. Internet es muy grande, como un bosque profundo donde uno se puede esconder, pasar desapercibido y guardar el anonimato.

CAPÍTULO 3

Jugando a ser otra

Martina ha iniciado su andadura en las redes sociales y ha empezado a crear perfiles falsos. De momento dos. Pero su preferido es el de @AylaRoja, una versión idealizada de sí misma: segura, divertida, valiente y aceptada. En este mundo virtual, Martina puede ser la que siempre quiso ser. Poco a poco, se refugia en esas identidades y empieza a desconectar de la realidad, perdiendo la línea entre quién es y quién quiere parecer.

Ha descubierto que en Internet puedes ser otra, incluso otro, cambiar de nombre, elegir otra cara, subir fotos editadas, inventarse una vida distinta. Ser Ayla Roja: segura, divertida, misteriosa. La chica en la que alguien como Xavi podría fijarse. Y esto le ha dado una inyección de moral, de autoestima, se ha empezado a sentir importante, valorada, incluso poderosa.

Al día siguiente del nacimiento en redes de @AylaRoja, abre los ojos y lo primero que hace es mirar el móvil y consultar su cuenta de Instagram. Ya tiene quince seguidores, muchos *likes* y varios comentarios, todos positivos. Se ruboriza y siente su corazón latir fuerte en su pecho. Por fin ha encontrado la manera de salir de su soledad.

Mientras se viste, piensa que lo que ella muestra en las redes es falso, pero que tiene que convertirse en realidad. Tiene que adelgazar, cuidarse más, arreglarse, transformarse en Ayla Roja en la vida real. Basta ya de ponerse lo primero que encuentra en el armario, de recogerse el pelo en la misma coleta y de ir al instituto con la cara lavada. El cambio empieza hoy.

Escoge su camiseta más bonita, negra ceñida con un dibujo llamativo, unos pantalones negros y se pinta. No tanto como lo hizo la noche anterior pero bastante. Base, maquillaje, antiojeras, delineador negro para los ojos, y un toque de rímel que transforma sus pestañas rubias normalitas en gigantes, Añade colorete, se pinta los labios de un rosa fuerte y se suelta el pelo. Lo ahueca, le da volumen, y se perfuma. Está lista.

Se mira al espejo y duda, tal vez sea demasiado atrevido, tal vez sea ridículo ir al instituto tan pintada, pero la voz de @AylaRoja le ordena: «deja ya de criticarte y empieza a ser valiente, atrévete a ser Ayla Roja, no solo en Internet, sino en todas partes».

Está decidido. Entra en la cocina para desayunar y se cruza con su padre que está saliendo.

—Hola Martina —le dice, soltando un beso fugaz en su mejilla— llego tarde, que pases un buen día.

Su madre la mira de reojo con desaprobación.

—¿A dónde vas? —le espeta, mientras bebe un sorbo de café.

—¿A dónde voy a ir? Al instituto, como cada día —contesta Martina, a la defensiva.

—¿Así? ¿En serio?

—Mira, mamá, dime lo que me tengas que decir, pero sé clara. Si no te gusta cómo voy, lo puedo entender, pero voy a ir cómo me gusta a mí. Recuerda que no tengo tu edad, tengo quince años.

—Tú misma —resopla su madre, con una mueca despectiva—, si te parece que vas bien, por mí estupendo.

Su madre se levanta y sale de la cocina. Aprovechando que no la ve, Martina se sirve un café solo, sin azúcar, lo traga de prisa y sale con el estómago revuelto a la calle.

A pesar de todo, llega al colegio con la moral alta, con más seguridad de lo normal. No es que algo haya cambiado, sino que se siente reconfortada por los *likes*, los comentarios recibidos y empieza a creer que todo puede ser distinto. Hoy no ha desayunado ni se ha llevado almuerzo. Es el primer paso hacia su nuevo cuerpo.

Contenta, llega al instituto y ve cerca de la entrada al grupo de chicas que tanto le atrae. Se acerca, pasa al lado de ellas y dice:

—Hola, buenos días.

Nadie le contesta, solo se oyen unas risas ahogadas, mientras todas se dan codazos y se giran para mirarla con una sonrisa burlona.

—Asquerosas —piensa, enfurecida—, os vais a enterar.

Se dirige a su clase, rumiando su ira y sus ganas de venganza y piensa que si Martina es vulnerable y parece indefensa, @AylaRoja no lo es, y sabrá responder a este desprecio. Lo pagarán.

Mientras espera el inicio de la clase, recibe un mensaje. Es de Xavi.

XAVI 08:30

Hola, Martina, fuiste muy valiente en la sesión de ayer, explicando todo lo que te atormenta. Quiero que sepas que te apoyo en todo y que tienes un amigo. Te doy mi Instagram por si alguna vez necesitas hablar.

Martina se sonroja y sonríe por primera vez en mucho tiempo. Esto está empezando a funcionar, las cosas están cambiando y por fin puede tomar las riendas de su vida. Contesta casi en seguida.

MARTINA 08:32

Hola, Xavi, lo mismo te digo. Me quedé impresionada por tu historia, y creo que le estás echando coraje y valor. Gracias por darme tu móvil y tu Instagram. Te doy los míos y también quiero que sepas que si necesitas algo, estaré ahí.

Al escribir estas palabras, se acuerda de Gema que le dijo algo muy parecido y se siente un poco culpable. Pero aparta estos remordimientos y se centra en la idea de Xavi. Hace poco, este chico tan guapo le parecía inaccesible y sin embargo, ahora, le da su Instagram y le ofrece su amistad. Las cosas están mejorando.

La única sombra en este día es la actitud de las chicas que han respondido con burlas a su intento de acercamiento, cuando ella solo pretendía ser simpática. Una de ellas, Lía, está en su clase, y hasta la fecha, nunca ha hablado con ella. Es de las populares y todas las demás chicas intentan estar cerca de ella, reírle las gracias, y los chicos, por qué no decirlo, parecen beber los vientos por ella.

Suspira mientras se sienta en su pupitre, al fondo de la clase. La clase aún no ha empezado y todos los demás están de pie, alrededor de la mesa de Lía que está contando algo. Por lo visto, debe ser gracioso, porque todos se ponen a reír y se giran, mirándola y cuchicheando. Martina no puedo creerlo, ¿de veras se están riendo de ella? No quiere pensar que todo vuelve a empezar, no lo podría soportar y Ayla no lo va a permitir.

Durante el día va rumiando pensamientos oscuros, buscando la manera de devolverle el golpe, de vengarse de sus burlas y al fin, cuando se acerca la hora de salir, se le enciende la bombilla. Tiene su nombre y sus apellidos, Lía Montalbán Fuentes, la buscará en Instagram y cuando la encuentre, ajustarán cuentas.

A la tarde, lo primero que hace al llegar a casa es buscar a Lía, en redes. Entra en Instagram pero no sale nada. Lo prueba de varias maneras, utiliza sus dos apellidos, luego solo el primero, solo el segundo, Lía a secas, y nada. Hasta que da con un perfil de una chica joven que pone: Soy Martina y decide probar suerte, imitando el modelo del nombre. Escribe Soy Lía y... ¡bingo! Ahí está ella.

Sus poses, sus mohines, su pelazo y su sonrisa perfecta, su cuerpo espectacular luciendo todo tipo de modelitos de marca, bikinis en verano, ropa de montaña sexi en la nieve. Es atractiva, apesta a dinero y a popularidad.

Mira los comentarios y todos se deshacen en halagos. «Eres increíble, ¿cómo puedes ser tan guapa?

Eres un sueño hecho realidad, Me muero por conocerte». Todos los comentarios son de chicos, babeando delante de ella mientras le rinden pleitesía y alimentan su ego desmedido.

A Martina se le ocurre de repente una manera perfecta para vengarse. Le va a dar donde más le duela, y no lo hará como Martina, porque sabe que lo que ella diga o haga, suponiendo que conozca su nombre, le resultará totalmente indiferente. Pero si lo hace como si fuera un chico, un seguidor, la cosa cambiaría, le afectará porque se convertiría en la nota discordante en toda la cascada de elogios de su perfil.

Decide crear una tercera cuenta, pero esta vez, será masculina. Busca por toda la red una fotografía de un adolescente tan guapo que quita el hipo, y cuando la encuentra, la retoca con Photoshop, le pone un filtro para darle una apariencia más humana y le bautiza como Alexander. Entonces, abre una cuenta a su nombre: @AlexanderGold. El nombre evoca lujo, opulencia y también clase. El chico tiene un aire seductor y su rostro desprende cierta superioridad, es justo lo que busca. Se transforma en un seguidor más de Lía, y empieza a poner comentarios simpáticos a muchas de sus fotos.

Pasan dos días y Lía ha respondido con emojis amables, risueños, con corazones, demostrando lo que Martina ya sabía. Le encanta que la adulen. Ha llegado el momento de pasar a la acción. Al tercer día, Lía sube una foto que tal vez la favorezca menos que otra y Martina aprovecha la ocasión, comentando al vuelo:

@AlexanderGold

| Lía, ¿eres tú? ¿En serio? Borra esa foto por favor, no te hace justicia.

Cuando minutos después, se da cuenta de que la foto ha desaparecido, Martina se ríe a carcajadas mientras saborea su venganza. @AylaRoja tiene ahora un aliado potente, @AlexanderGold y juntos, van a llegar lejos.

Los días transcurren rápido, y en el instituto Martina apenas presta atención a las clases, solo está pendiente del móvil, de los nuevos *likes*, de los comentarios y deseando llegar a casa, para poder interactuar con sus seguidores como @AylaRoja, @AlexanderGold o @SimplyMartina, su perfil más normalito y tal vez el más auténtico, el que ha dado a Xavi, a Samuel y a los demás miembros del grupo.

De vez en cuando, Xavi le escribe, preguntándole cómo va todo, o si va a asistir a la próxima reunión del grupo. Le dice que le gustaría quedar algún día para tomar algo o dar una vuelta, pero Martina no se atreve. Le pone excusas y le da largas, no porque no le guste el chico, sino porque teme no ser suficiente.

En las sesiones online, intenta arreglarse, peinarse y pintarse los labios, pero sabe que se ve solo su cabeza y sus hombros, no muestra su cuerpo; teme que cuando Xavi la conozca en persona, se decepcione y se aleje de ella. En la cuenta de @SimplyMartina, no pone fotos sino algunas frases, reflexiones interesantes, consejos de autoayuda recogidos al azar en Internet. Xavi, y los del grupo, incluso Samuel, le dan *likes* y le ponen algún comentario y han empezado a seguir su cuenta.

Como @AlexanderGold, Martina se dedica a castigar a las chicas que considera soberbias. Primero las halaga, luego les hace dudar, les da consejos como con buena intención para después hundirlas con críticas despiadadas. Y disfruta haciéndolo, sabe que está siendo cruel, incluso sádica, pero se justifica pensando que a ella le han hecho sufrir mucho y que de ahora en adelante, prefiere ser verdugo que víctima. Luego reflexiona y se pregunta en qué se está transformando y si de verdad esta es una elección correcta.

Un par de días después de comentar con mala intención la foto de Lía, Martina recibe en la cuenta de Alexander un mensaje directo de ella. En él, Lía se preocupa de su opinión, le da explicaciones, afirma que siente haberle decepcionado y le manda una foto. Cuando la abre, Martina no da crédito. Lía aparece con un minibikini en una pose más que sugerente, mandando un beso a la cámara.

No se lo piensa y le contesta en privado.

@AlexanderGold

| Esta sí eres tú, nena, y me has dejado sin palabras. Eres un bellezón.

@SoyLia

| ¿Te gusta?

@AlexanderGold

| Sí, pero me sabe a poco.

Y llegan otras fotos, a cuál más sugerente y más atrevida. Martina adula a Lía, le regala el oído con elogios, hasta conseguir que confíe ciegamente en ella, mejor dicho, en Alexander. Guarda las fotos por si necesita usarlas en su contra en el futuro.

Por dentro se justifica diciendo que lo hace para defenderse, pero en realidad sabe que se ha aficionado al poder, a la impunidad que le da el anonimato, y que se está volviendo tan cruel como los que hasta ahora la acosaban.

CAPÍTULO 4

El nuevo amigo

Desde que he empezado con esto de las redes, mi vida ha dado un cambio brutal. Hasta ahora, era una persona retraída, aislada y vergonzosa pero empiezo a dar libre curso a mi personalidad, por lo menos en el mundo virtual.

Entre todos los perfiles que me dejan comentarios desde que he abierto la cuenta de @AylaRoja y que parecen idénticos, como si los hubieran cortado por el mismo patrón, ha aparecido un contacto nuevo que me tiene intrigada. Creo que es un chico por su foto, aunque no lo ha dicho claramente, su nick es @HopeLight. Parece amable, respetuoso y atento y después de ponerme varios *like* a mis fotos, ha empezado a mandarme mensajes. Además, es de Granada, igual que yo.

Me parece mentira mi propio atrevimiento, pero desde que subí la primera foto con el vestido rojo, me he animado. Me he hecho algunas más, unos *selfies*, frente al espejo de mi habitación donde no se ve muy bien mi cara, y otras en una semi oscuridad, donde no se aprecia de verdad mi cuerpo. De momento es lo que me interesa. Cuando pierda peso, tal vez pueda mostrar más.

Me he dado cuenta de que @HopeLight me ha puesto varios comentarios amables. La primera vez, respondió a lo que puse debajo de mi foto:

«No nací para encajar, si no te gusta, no mires».

Después de poner un *like*, me contestó en mensaje directo:

@HopeLight

| ¿Cómo no me va a gustar tu fotografía? Es perfecta, no sé si encajas con los demás pero encajas conmigo, y con mi idea de la belleza, quiero seguir mirándote…

Luego se presentó y empezó a hablar conmigo por mensajes. Parece comprenderme, interesarse por mí y me anima.

Han pasado varios días, seguimos hablando cada noche y empiezo a confiar en él, le cuento algunas cosas y me acostumbro a nuestros intercambios; creo que rellena el vacío que dejó en mí la ausencia de Gema. La única diferencia, es que con Gema no podía ser yo, no del todo. Aún recuerdo con rabia su reacción cuando le expliqué mi idea de crearme una identidad nueva en redes, con un vestido rojo, bien maquillada y una pose sugerente…

Se burló de mí. Dijo algo como:

«No me digas, Martina que te vas a prestar a eso… ¿Tú en una pose sexy y sugerente? No me lo imagino. ¿Sabes lo peligroso que es exponerse en redes? No caigas tan bajo, Martina, no merece la pena».

La rabia me consume cuando recuerdo este momento, por eso la dejé atrás, porque no era una amiga de verdad. Su amistad solo me coartaba, no me permitía crecer, sin embargo, con @HopeLight todo es distinto. Con él, encuentro conexión y apoyo, no me juzga y, aunque me molesta la idea de depender emocionalmente de alguien, me repito que está bien tener un amigo de verdad.

Esta tarde, al volver del instituto, encuentro un mensaje suyo que me ha hecho sonreír:

@HopeLight

> No todos los que te miran con admiración te entienden, pero yo sí.

Noto como mi corazón se acelera. Siento que sus palabras son sinceras y que puedo darle una oportunidad, tal vez merezca su confianza. Le contesto:

@AylaRoja

> Gracias por tus palabras, @HopeLight, me alegra poder contar contigo y con tu amistad.

Más tarde, llegó otro mensaje, esta vez de Xavi.

@XaviFreeSoul

> Hola, Martina, te he echado de menos en la última reunión. ¿Vas a venir esta noche? Espero que estés bien, recuerda que si necesitas algo, aquí estoy.

No puedo evitar sonreír. Xavi es la mejor persona que he conocido nunca, tan prudente, tan respetuoso, tal vez demasiado. Echo en falta que sea más decidido, más atrevido, pero a Xavi no le gustaba invadir. Y tal vez por eso, nuestra relación no progresa. Le contesto:

@SimplyMartina

| Hola, Xavi. La verdad es que cada vez me apetece menos participar en el grupo, siento que ya no me sirve, que no avanzo. Estoy pensando en dejarlo.

Me contesta al momento:

@XaviFreeSoul

| Si decides dejar el grupo, habla con Samuel, lo entenderá. Yo te comprendo, es legítimo dejarlo si sientes que ya no te sirve, pero por favor, no dejemos de hablar. Sigo estando aquí cerca para cualquier cosa que necesites.

@SimplyMartina

| Gracias por tu apoyo, Xavi. Esta noche, hablaré con Samuel. Por supuesto seguimos en contacto.

Por la noche, me conecto, entro en el grupo, creo que ha llegado el momento. Ya no puedo demorarlo más, la verdad es que tengo la sensación de perder el tiempo en el Rincón Seguro y desde que estoy en redes y he encontrado a @HopeLight, ya no me siento sola ni necesito apoyo emocional.

Leo la frase habitual de Samuel al conectarse.

@SamuelRincónSeguro

| Hola a todos, se abre la sesión de hoy. ¿Cómo estáis?

Leo las respuestas de muchos de los miembros, uno comenta sus habituales problemas con la comida, otra chica su ansiedad en el instituto y Xavi dice que el día había sido regular pero nada que señalar. Yo no contesto, me espero a que todos terminen. Luego, escribo un mensaje privado a Samuel.

| Samuel, ¿puedo hablar contigo aparte?

@SamuelRincónSeguro

| Claro, dime.

Espero, buscando las palabras justas para despedirme.

@SimplyMartina

| Creo que voy a dejar el grupo.

Pasan un par de minutos y no aparece la respuesta de Samuel. En pantalla, solo veo «escribiendo». Luego vuelve.

@SamuelRincónSeguro

| ¿Quieres contarme algo? ¿Por qué decides irte?

@SimplyMartina

| No sé, ya no lo necesito. Me siento mejor y siento que no avanzo. He conectado con otras personas fuera de aquí y me va bien. No quiero quedarme estancada, no es culpa tuya, has sido muy amable, pero necesito cosas nuevas, gente nueva…

Se hace el silencio, Samuel no contesta ni teclea hasta que por fin escribe:

@SamuelRincónSeguro

| Me alegro por ti, si sientes que estás mejor. Solo quiero asegurarme de que no estás escapando sino

decidiendo de verdad. ¿Has hablado con alguien de esto? ¿Te han aconsejado irte del grupo?

@SimplyMartina

| No, no he hablado con nadie, solo contigo y con un nuevo amigo.

@SamuelRincónSeguro

| ¿Quién es él?

@SimplyMartina

| Un nuevo amigo de redes.

No va a dar su nombre, no lo conoce aún lo suficiente pero no piensa compartirlo.

@SimplyMartina

| Es alguien que me habla bien, es tranquilo, no me juzga y lo siento sincero. No es como los demás.

@SamuelRincónSeguro

| ¿Te ha dado su nombre real? ¿Le has conocido en persona?

@SimplyMartina

| No, aún nos estamos conociendo pero no me importaría. Tampoco le he dado el mío. Ya habrá tiempo.

Samuel tarda en contestar.

@SamuelRincónSeguro

| Lo entiendo. Cuídate, Martina, y si alguna vez necesitas volver, ya sabes…

Nos despedimos y me siento aliviada. Samuel ha sido correcto, comprensivo, no se ha enfadado ni me ha insistido para que me quede. Cierro el chat y respiro hondo. Ahora sí me siento libre, como si me hubiera quitado un peso de encima.

***

Después de salir del grupo, Martina empieza a repasar los detalles de las últimas semanas, cómo ha cambiado su vida desde que ha cambiado de instituto, dejado atrás a Gema y se ha convertido no solo en

@AylaRoja sino también en @AlexanderGold y @SimplyMartina.

Más lejos en el tiempo, pero aún presente en sus recuerdos, está el acoso, la inseguridad que ha hecho mella en su carácter, en su personalidad, la ha vuelto vulnerable.

Ahora, está en un sitio nuevo y no es que alguien la moleste en el instituto, ni que sus compañeros la rechacen abiertamente. No, el problema está dentro de ella misma, en cómo se ve, en cómo se siente atrapada en un cuerpo que no siente suyo. Cada mañana, cuando se mira en el espejo, ve alguien que no es ella, con quién no se identifica pero que tampoco puede cambiar.

En casa, sus padres notan su cambio, pero están ausentes. A veces, se preocupan, preguntándole qué le pasa, pero Martina responde con evasivas, con silencios o con un simple «estoy bien». No quiere preocuparlos, ni admitir que siente que su mundo se ha transformado muy rápido.

Ella misma se preguntaba qué le está pasando. A veces, se siente invisible, como si pudiera desaparecer sin que nadie lo notara. Y cuando eso ocurre, se refugia en el mundo virtual. Allí, en la red, puede ser otra persona.

@AylaRoja es valiente, divertida y segura. No duda, no se esconde. Puede cambiar su nombre, su apariencia, sus historias. Puede inventar un mundo donde ella tiene el control.

Antes de dormir piensa en el Rincón Seguro que acaba de dejar, y sabe que no lo echará de menos. A Xavi en cambio sí, pero no perderán el contacto, él tiene su teléfono, su WhatsApp, su Instagram el de @SimplyMartina, y podrán incluso quedar de verdad. Solo le hace falta perder unos cuantos kilos antes, para ser presentable, pero no lo descarta.

Mientras tanto, disfrutará siendo @AylaRoja, y también @AlexanderGold, el guaperas irresistible que sabe castigar a chicas despiadadas como Lía. No le importa ser cruel con ella, se lo ha buscado y se lo merece.

Cena muy poco, como se ha vuelto costumbre desde hacía días. Ha empezado a perder peso, lo malo es que siente una debilidad extraña, como si las piernas le flojearan. A cambio, los vaqueros empiezan a irle más sueltos y el resultado compensa todos los sacrificios.

Tres kilos ya... ha empezado a caminar hacia su futuro cuerpo y hacia @AylaRoja y esto le hace sentirse bien.

Antes de dormir, repasa sus cuentas, sonríe contestando a un mensaje de @HopeLight aplaudiendo su última foto.

| Qué guapa estás en esta foto, Ayla, se te ve tan segura de ti misma y tan poderosa...

Se acuesta pensando en que su vida había mejorado mucho desde que decidió tomar el control y no tarda en quedarse dormida.

3:17. El zumbido del móvil rompe el silencio de la habitación sumida en la oscuridad. Martina se despierta y se incorpora con la mente todavía adormilada. El móvil, boca abajo sobre la mesita, vibra un segundo, antes de quedar en silencio.

Martina se frota los ojos y lo desbloquea con el pulgar, medio dormida. No se trata de una llamada, ni una notificación, sino de un mensaje de texto desde un número desconocido. No tiene remitente, y es breve, solo una frase:

Despierta.

Se sobresalta, no entiende. El móvil vuelve a vibrar y aparece otro mensaje.

Sé quién eres, Ayla Roja.

Capítulo 5

Lobo

No me ha sido difícil encontrarte. La mayoría de gente se imagina que crear una identidad nueva consiste en cambiarse de nombre y subir una foto a la red, pero no son conscientes de que dejan huellas. Siempre.

Tú también lo has hecho, Caperucita. Has usado el mismo teléfono para registrarte en varias cuentas y aunque creas que nadie te conoce, los metadatos no mienten. Un simple cruce entre tus cuentas me ha bastado para poder averiguar que @SimplyMartina, @AylaRoja y @AlexanderGold, comparten mucho más de lo que parece a simple vista. Están registradas desde el mismo dispositivo a la misma hora.

Luego están tus fotos, niña ingenua. Una de Ayla tiene el fondo difuminado pero no lo suficiente. En ella aparece un fragmento de un cuadro de tu habitación que ya conocía, y luego está tu estilo, inconfundible. Dicen que el estilo al escribir es como una huella dactilar, y yo te reconocí.

La gota final fue un descuido tuyo, una torpeza más. Ayla subió un archivo, un audio con su voz distorsionada, pero lo descargué, limpié los ruidos y lo analicé. Tenía la misma cadencia de voz que la tuya, caperucita.

No me hizo falta hackear tus cuentas ni forzar contraseñas, solo me bastó con observarte, rastrear tus pasos y te encontré.

Y ahora sé quién eres, Caperucita. En cambio tú no me conoces y ahí radica mi ventaja. Yo soy la sombra que no ves en el bosque, pero que te sigue, paso a paso. Yo soy el lobo que va a por ti.

MARTINA

Cierro el grifo de la ducha y suspiro recordando cómo empezó todo. Es cierto que antes, no tenía más problemas que los habituales, mi cuerpo que odio, mi familia que me ignora, mi soledad infinita, y el aburrimiento. Pero ahora todo ha cambiado. Sigo sin tener amigas en el instituto, pero tengo a Xavi y a muchos otros en la red.

Así que no me arrepiento de nada, aunque esta noche pasada ha sido horrible. No he logrado pegar ojo. Tal vez estoy exagerando y no debería darle tanta importancia al mensaje anónimo. Será alguien que quiere molestar, solo tengo que dejar pasar el tiempo y ya se cansará. Lo ignoraré, haga lo que haga, no le contestaré y se acabará aburriendo.

Bajo a desayunar y por una vez, están mis padres, los dos. Tengo que darles un beso a cada uno, y aunque no me apetezca, sé que no me puedo escapar.

—Buenos días —digo sin acercarme mucho.

—Un beso a tus padres, ¿no? —contesta mi padre abrazándome.

No tengo alternativa, tengo que darle un beso a él y, como no, a mi madre también. Noto algo raro en el ambiente, que los dos estén juntos a esta hora y me esperen para desayunar, me resulta extraño.

—He hecho tortitas —me dice mi madre sonriente—, vamos a sentarnos a desayunar.

¿Tortitas? Es justo lo que me faltaba, ahora que empiezo a perder peso, que consigo mantener a raya el hambre, va ella y hace tortitas…

—Gracias, pero no tengo hambre —contesto sin convicción.

—No puedes decir que no, hoy estamos celebrando algo.

—¿Celebrando? ¿El qué?

Mi padre sonríe, visiblemente satisfecho.

—Tu madre ha conseguido pasar a trabajar en remoto. Y yo también lo haré, pero solo un par de días a la semana. Así que por fin, vamos a vernos más, y se va a restablecer la vida familiar.

—Han sido meses raros —comenta mi madre preocupada—, y hemos estado distanciados, cada uno a nuestro aire, pero esto se acabó.

—¡Qué bien! —murmuro, pero en realidad, pienso «¡vaya mierda!».

Temo que vuelvan a estar encima de mí, como antes, que se preocupen de cómo me visto, de lo que como, de lo que hago, etc.

Mamá me pone tres tortitas en un plato y me acerca la mermelada de fresa y una crema de chocolate y avellanas.

—No tengo hambre, mamá —protesto—, además, llego tarde.

—De eso nada —dice mi padre—, no te levantarás hasta haber desayunado. Tienes mala cara y estás perdiendo peso. Esto no puede ser.

Maldigo en mi interior mi mala suerte, pero no tengo otra opción que achantar. Luego, vomitaré y todo quedará en nada. Mientras mastico las tortitas, que por cierto están muy buenas, mi madre pregunta.

—¿Qué tal el instituto? No comentas nada… ¿No echas de menos a tu amiga, Gema?

Sacudo la cabeza.

—La verdad es que no, ahora que no vamos juntas a clase, ya nada es lo mismo. Hay que evolucionar, hacerse nuevos amigos.

—Bueno —contesta mi padre—, esto no implica olvidar a los que han sido fieles durante años.

—En este caso, sí —afirmo—, además, juntas nos iba peor. Éramos las dos gordas, aburridas y sosas, y por eso nadie se nos acercaba.

—¿En serio? —pregunta mi madre—, ¿y por eso has dejado atrás a tu amiga?

Asiento y al momento me arrepiento de haber sido tan sincera. Ahora seguro que me van a coser a preguntas.

—La verdad, aunque sé que suena feo, no me arrepiento de haber roto el contacto.

—¿Por qué lo dices? —pregunta papá, mordisqueando su tortita—, ¿te va mejor ahora? ¿Tienes nuevos amigos?

—He conocido a mucha gente nueva —contesto, y se me dibuja una sonrisa acordándome de @HopeLight.

—¿En el instituto?

—En el instituto no, en la red.

Mis padres me miran de repente los dos y luego se miran, con una cara que refleja su desaprobación.

—¿Qué pasa? —les digo a la defensiva—, ¿por qué me miráis así? ¿He dicho algo raro?

—No es eso —dice mi padre con expresión seria—, es que en la red no sabes con quién tratas; hay muchos engaños, perfiles falsos, es peligroso.

—Ya lo sé —contesto ofendida—, ya no soy una niña y sé lo que hago. ¿Acaso me vais a prohibir también usar Internet?

—Solo te queremos advertir —contesta mi madre que parece apenada—, en la red no hay transparencia, ni sinceridad, solo ves lo que te quieren mostrar.

—Ya…—contesto, y deseo terminar de desayunar, subir a mi habitación, ponerme los dos dedos en la garganta y vomitar. No solo el desayuno sino sus consejos, el hecho que de repente se acuerden de que existo y finjan preocuparse por mi seguridad.

—Me tengo que ir, que llego tarde —alego, levantándome—. Gracias por las tortitas, mamá, estaban muy buenas.

Mi madre me dedica una sonrisa triste.

Subo la escalera a toda prisa, vomito rápido en mi baño, recojo mis cosas y salgo corriendo de casa. Estoy contenta de pensar que por lo menos, el desayuno no va a afectar a mi pérdida de peso.

Enseguida llega el bus escolar y cuando por fin me alejo de casa, siento alivio. Durante el trayecto, abro el móvil y repaso los mensajes. Gema otra vez…No me había dado cuenta pero me volvió a mandar un WhatsApp ayer por la noche, y se está haciendo la víctima, intentando que me sienta culpable. Me escribe:

GEMA 23:00

¿En serio me has borrado de tu vida para siempre? ¿Cómo has podido olvidar tan pronto años de amistad?

No le contesto, ni le voy a contestar, me aburre, me recuerda todo lo que fui y lo que quiero dejar atrás. Lo siento, Gemma, tú formas parte de un pasado que quiero olvidar. Paso página, y estás dentro del lote de todo lo que quiero perder de vista.

Hay otro mensaje que sí me hace sonreír, es de Xavi. Es de esta mañana.

XAVI 08:30

Buenos días, Martina. Samuel nos dijo que habías dejado el grupo y te quiero desear toda la suerte del mundo. Ojalá te vaya bien. Ya sabes dónde estoy. Cuando quieras, hablamos. No me gustaría perder el contacto.

A él sí que le contesto.

MARTINA 08:35

No vamos a perder el contacto, seguiremos hablando cuando quieras.

Me animo y le añado un emoji, una cara sonriente y un beso. Tal vez haya sido excesivo pero ya lo he mandado así que ya está hecho.

Abro el Instagram y encuentro un mensaje de @HopeLight. Me doy cuenta de que ha añadido una foto de perfil y veo la cara de un joven rubio, de ojos verdes muy sonriente. Me quedo sorprendida, descolocada por completo. Por alguna razón, pensaba que era una chica, claro que este nombre es ambiguo.

@HopeLight

| Hola, Ayla, espero ser el primero en saludarte hoy, que tengas un buen día, preciosa.

Siento cómo me arden las mejillas, ahora todo es distinto porque sé que es un chico. Le contesto:

@AylaRoja

| Hola, @HopeLight, me he quedado sorprendida al ver tu foto de perfil, no estaba segura de que fueras un chico.

@HopeLight

| ¿Prefieres las chicas? ¿Te he decepcionado?

@AylaRoja

| No… ni mucho menos, es que pensaba…

@HopeLight

| ¿Te parezco feo?

@AylaRoja

| Al contrario, yo…

@HopeLight

| Entonces… ¿te gusto?

Me siento atrapada, y no sé cómo salir.

@AylaRoja

| Eres guapo, la verdad.

@HopeLight

| Me alegro de que te lo parezca, es la mejor noticia del día, tú también me pareces espectacular. Hablamos esta noche.

Sigo revisando los mensajes y encuentro otro de Lía, con una foto subida de tono, y de pronto siento asco por ella, me parece patética. No le contesto, hoy no me apetece hacerla sufrir; no es porque me importe ser cruel con ella, al contrario, porque creo que se lo merece, ella no dudó en serlo conmigo.

***

SAMUEL

Samuel no es un *hacker*. Por lo menos, no cómo los pintan en las películas. Pero lleva años trabajando con adolescentes. Años viendo cómo el dolor se disfraza de arrogancia en la red.

Desde que Martina dejó el grupo, algo no encajó y supo que algo le había ocurrido. Le había dicho que conoció a alguien. Un «él» que no tenía nombre. Eso se quedó grabado en su cabeza. Samuel no levantó la mirada del portátil cuando vio el mensaje en la pantalla del foro: «Martina ha abandonado el grupo». El cursor parpadeó como si quisiera preguntarle si quería hacer algo al respecto. No lo hizo y cerró la pestaña.

No se sorprendió. Llevaba días viendo cómo se alejaba. Primero, fueron los silencios, después las intervenciones agresivas. Había aprendido a leer esos movimientos. Las despedidas nunca son bruscas, piensa. Solo los distraídos las sienten de golpe.

Decidió desde entonces seguir su rastro digital sin invadir. Era un vigilante silencioso, no un intruso. Comprobó cada noche sus publicaciones, contrastó los horarios, observó los cambios de tono. Una noche, mientras repasaba algunos perfiles sospechosos para el foro, uno llamó su atención: @Aylaroja.

Las fotos tenían filtros intensos, frases agresivas, y ese tipo de publicaciones que parecían gritar fuerza, pero que un ojo entrenado sabía leer de otro modo. Eran escudos. Y las palabras... algunas le sonaban.

> Hay quien llama arrogancia a lo que solo es supervivencia.

Esta misma frase la había escrito Martina, semanas antes, en el grupo privado. No literal, pero casi igual. Siguió el hilo. Comprobó la hora de publicación. El horario coincidía con los momentos en los que Martina solía estar activa.

Otro día, publicó como Ayla:

> Lo emocional es para los débiles. Yo vine a ganar.

Samuel apoya la espalda en la silla, cerrando los ojos. Ha visto a muchos chicos perderse en personajes inventados. Algunos volvieron. Otros no.

—Martina... —murmura—. Ojalá el personaje no te devore.

Piensa en que le había hablado de su súbita fascinación por alguien a quien prefirió no nombrar. Y más tarde, sus publicaciones: frases que antes solo compartía en voz baja, ahora gritadas en público, bajo otro nombre.

Necesita estar seguro por lo que busca metadatos. Algunos perfiles no los ocultan del todo. No es exacto, pero el proveedor del servicio muestra conexión desde la misma región donde vive Martina. Sigue el avatar. Lo pasa por una búsqueda inversa de imágenes. No devuelve nada nuevo, pero al examinar con detalle encuentra una pista: una marca de agua mal borrada. La fuente original era un blog de autoayuda poco conocido, uno que *Martina* había mencionado en una sesión grupal. Y entonces, encuentra el detalle definitivo. El nombre de usuario de recuperación de la cuenta, visible por un descuido en un comentario viejo, es un correo incompleto. Solo un fragmento, pero significativo: *er_Martina97@...*

Basta eso para que todo encaje. El último post: una foto oscura, una frase envuelta en rabia maquillada:

@AylaRoja

> Cambié de piel. No me busquéis.

Él ya lo ha hecho y la ha encontrado. Samuel cierra el portátil y suspira. Ahora lo sabe.

Capítulo 6

El bosque

Después de cenar poco, alegando que no se encuentra bien, Martina se retira a su habitación sin advertir el rostro preocupado de sus padres que se han percatado de su cambio progresivo.

Hoy ha sido un día intenso. Tiene tantos mensajes que apenas recuerda el tiempo en que era una chica solitaria y aislada, que solo tenía por amiga a Gema, su reflejo, el doble de su antiguo yo, tan soso y aburrido como ella.

Cada día tiene más seguidores, más comentarios y más halagos y esto le hace sentirse poderosa. Ha perdido varios kilos, aún no está delgada pero ya se ve mejor y se anima subiendo de vez en cuando fotografías, con mensajes que demuestran confianza, seguridad en sí misma, incluso soberbia.

Se siente muy orgullosa de su último post que refleja sus sentimientos del momento:

> Cambié de piel. No me busquéis.

Repasa los nuevos seguidores y aparece un nuevo contacto: @LoboEstepario con un avatar mostrando un lobo negro impresionante. Le parece recordar que es el título de una novela de Herman Hesse, que leyó tiempo atrás. Cuenta la lucha interna del protagonista entre su parte animal y su parte humana, y su intento fallido de encajar en la sociedad que le aboca a la soledad. La novela no le acabó de gustar, era muy compleja para ella, y tampoco le parece un buen nombre para redes, pero no le da importancia. No ha dejado mensaje, será uno más que entra solo para curiosear y ver sus fotos.

Luego se fija en que tiene una seguidora nueva: @GirlOnFire; ella sí que le ha dejado un mensaje.

@GirlOnFire

| Hola, Ayla, estoy encantada de haberte encontrado. Tu cuenta es toda una sorpresa y un descubrimiento para mí Eres mi inspiración.

Martina se siente feliz de repente, porque aunque no lo reconoce, adora que le adulen. Le contesta en seguida:

@AylaRoja

| Bienvenida, @GirlOnFire, me alegro de tenerte por aquí.

A continuación, publica una nueva foto, con el pelo tapando su rostro.

Acto seguido, sube una foto suya con los labios pintados de rojo intenso, mirando al espejo, con el fondo desenfocado. Añade un comentario:

«No nací para encajar. Nací para romper los moldes. Si no te gusta, no mires».

Satisfecha, se pone en la cama y repasa mentalmente los acontecimientos de su nueva vida. Le encanta su nueva versión, más segura, más atrevida y más transgresora. A cambio, le molesta todo lo que asocia a su antiguo yo, a la Martina de antes, como Gema, la que le recuerda constantemente una amistad que pertenece al pasado.

Le preocupa la nueva actitud de sus padres y que todo vaya a cambiar en casa; primero la indiferencia de sus padres le dolió, pero luego se acostumbró y le daba más libertad, nadie se fijaba en ella, nadie la controlaba. Pero ahora, por lo que sea, sus padres han decidido ejercer su función y esto le molesta. Piensa que lo de las tortitas ha sido muy evidente, una torpeza que les ha delatado; se han dado cuenta de que algo va mal y están intentando rectificar. Pueden hacer lo que les parezca oportuno siempre y cuando no se metan con ella, con su forma de vestir, o con lo que coma. No está dispuesta a renunciar a su cambio de imagen.

Parece que su cuenta va creciendo, ya tiene ciento cincuenta seguidores, no es mucho, pero cada día aumenta el número. Hoy mismo se han apuntado varios nuevos, entre los que están el tal @LoboEstepario que no ha dicho nada y @GirlOnFire que le ha dejado un mensaje. Ha sido amable por lo que le ha contestado aunque no suele hacerlo.

La excepción a esta regla de no interactuar con los seguidores es @HopeLight que es, sin duda, su preferido. Es tan guapo, nada que ver con Xavi que tampoco está mal, la verdad, pero Hope tiene un encanto especial, y ya se empiezan a conocer. Ha sido lento, poco a poco, día a día.

Recuerda un momento que marcó la diferencia entre ellos. Aquella mañana apareció un comentario de Hope, bajo una fotografía suya, en la que como @AylaRoja, aparecía con los labios pintados de rojo y una mirada desafiante hacia el espejo:

@HopeLight

| Tu rabia es hermosa. Es fuego que purifica, pero no destruye.

Martina se había quedado unos segundos observando el mensaje. Revisó el perfil de @HopeLight una vez más: pocas publicaciones, frases introspectivas, fotos abstractas, ningún rostro. No parecía un *troll*, ni un baboso. Había algo misterioso en él, sí, pero nada ofensivo. Solo intrigante.

Aquella noche, por impulso y por primera vez, le respondió:

@AylaRoja

| ¿Y tú qué sabes del fuego?

La respuesta llegó en menos de cinco minutos.

@HopeLight

| Sé que arde más fuerte cuando el mundo intenta apagarlo. Y sé que tú no viniste a arder en silencio.

La frase le impactó, se le clavó en un lugar profundo de su interior. Nadie le había hablado así nunca, nadie en el grupo, nadie en su casa. Nadie.

A lo largo de los siguientes días, comenzaron a intercambiar mensajes privados. Primero uno, luego otro. Citas de libros, imágenes, preguntas pequeñas: ¿Qué es lo más falso que has dicho hoy? ¿Qué harías si nadie pudiera juzgarte?

Hope nunca la presionaba, ni la invadía. Le hablaba como si ya supiera, como si hubiese estado observándola con respeto desde un lugar silencioso. Y eso, que podría haber sido aterrador, a Martina le resultaba extrañamente reconfortante.

Una tarde, mientras volvían a conversar en la red, Martina tecleó algo que no esperaba decirle a nadie.

@AylaRoja

| ¿Sabes? He dejado el grupo de apoyo al cuál iba desde hacía tiempo. No sé si es provisional o será para siempre.

Hope tardó más en responder.

@HopeLight

| A veces hay que abandonar la orilla para aprender a nadar. Solo asegúrate de no quedarte sola en medio del agua.

Ella no contestó de inmediato. Pero sonrió. Estaba decidida y no volvería atrás.

Al pensar en él ahora, no puede evitar preguntarse de dónde será, y piensa que tiene que preguntárselo la próxima vez. A lo mejor, podrían quedar más adelante, cuando haya perdido algo más de peso y tal vez conocerse en persona.

Se pone en la cama feliz y optimista pensando que a partir de ahora, todo va a ir bien. Sonríe al recordar cómo se asustó con el mensaje anónimo. Fue una tontería que la mantuvo toda una noche sin dormir, pero por suerte, no ha vuelto a ocurrir así que ya puede dar el incidente por terminado. Se duerme sonriendo mientras piensa que la vida empieza a ser maravillosa.

Vibra el móvil que ha dejado boca abajo en la mesita de noche. Primero se sobresalta, al ver que ya son las once. Pero cuando lo desbloquea y ve que es Xavi, se siente aliviada. El mensaje es escueto pero consigue hacerle sonreír.

XAVI 11:03

Buenas noches, Martina. Perdona por escribir tan tarde, espero no haberte despertado. Solo quería decirte que te he echado de menos, hoy en el grupo. Me cuesta hacerme a la idea de que no te voy a ver más. Me gustaría quedar, un día de estos, para tomar algo y charlar, si te parece. Solo si tú quieres. Cuídate.

Martina siente mariposas en el estómago, este chico que veía tan inaccesible ahora le habla de quedar, apenas se lo puede creer. Le contesta enseguida:

MARTINA 11:05

No pasa nada, no dormía, me alegro de que te acuerdes de mí. A mí también se me hace raro no estar en el grupo pero no quiere decir que tengamos que perder el contacto. Podemos seguirnos escribiendo y ya quedaremos alguna vez. Un beso.

Se sorprende de su propio atrevimiento. Hay que ver cómo ha cambiado todo desde que se ha convertido en @AylaRoja. Esta noche, todo parece distinto. La oscuridad la rodea pero no se siente mal, ni incómoda. Le recuerda la opacidad de este mundo virtual en que puede disfrazarse, ser otra, incluso otro, y esconderse en el anonimato, sabiendo que en la oscuridad, nadie la ve, ni sabe quién es. El teléfono vibra de nuevo.

Lo desbloquea con una sonrisa, pensando que es Xavi contestándole pero cuando lo abre, siente cómo un nudo se formaba en su estómago.

En el bosque oscuro en el que andas perdida, yo soy la sombra que te sigue.

Martina se queda petrificada, otro mensaje anónimo. El bosque suena a metáfora para describir el laberinto digital en el que se ha perdido, pero también a amenaza. Habla de un lugar sin mapas, lleno de senderos ocultos y sombras que acechan.

Por un momento, piensa en apagar el teléfono y huir. Pero huir ¿a dónde? Apagar el teléfono no cambiaría nada. Intuye que ese mensaje no era una amenaza cualquiera. Asustada, mira por la ventana. Todo está normal, como siempre. Afuera, la noche sigue su curso, indiferente. Pero dentro de ella, algo ha cambiado para siempre. Su corazón late con fuerza mientras piensa en qué debe hacer.

El móvil vuelve a vibrar y muestra un mensaje que le parece aterrador:

Bienvenida a mi juego, @AylaRoja.

En ese susurro, en esas seis palabras, se esconde una promesa, o una amenaza. Siente que tiene una intención perversa, retorcida y que es una llamada, una invitación oscura.

Sé que estás despierta, @AylaRoja, te estoy observando y no deberías estar sola en el bosque.

Martina se queda quieta, petrificada por el miedo. Siente un cosquilleo en la nuca. Piensa en ignorarlo, cerrar el móvil, estrellarlo contra la pared, pero no lo hace. Vuelve a leer el mensaje. Y luego escribe, con el pulgar tembloroso:

¿Quién eres?

Pasan unos segundos eternos y llega la respuesta.

El que te ve cuando crees que nadie te mira, el que sabe lo que escondes.

El corazón de Martina empieza a latir más rápido. ¿Qué clase de broma es esta? ¿Viene de una cuenta *troll*? ¿Un *hater*? ¿Alguien de su clase?

De pronto, llega otro mensaje, esta vez firmado.

La capa roja detrás de la cual te escondes, no te protege, solo te hace más visible. He seguido tu rastro, Caperucita, y no escaparás. Lobo.

Martina entra en pánico. Tiene tanto miedo que se tapa la boca para no ponerse a chillar. ¿Quién es Lobo? Conoce ese nombre, le suena. Recuerda de repente la cuenta del nuevo seguidor de hoy, @LoboEstepario, pero no puede ser, nunca ha hablado con él, ni siquiera sabe quién es.

Abre la aplicación de Instagram y se encuentra un mensaje directo.

@LoboEstepario

| No intentes escapar, Caperucita, sé dónde estás.

@LoboEstepario es Lobo. Se lo imaginaba pero ahora lo sabe. No contesta, está colapsada, piensa en bloquearlo pero no serviría de nada pues ya le había mandado mensajes antes de seguirla en Instagram.

Ahora mismo está sudando, y se pregunta, con la boca seca. ¿Y si... Lobo ha descubierto sus otras cuentas? Las que usa con otros nombres, las que había creado para sentirse menos sola, las que solo ella conoce. ¿Cómo es posible? ¿Y si sabe quién es y donde vive?

Tiene que bloquearlo, ya. Toca el botón, duda, no lo pulsa. Se queda mirando la pantalla, como hipnotizada. Y entonces llega la última frase:

@LoboEstepario

| Cuidado, Caperucita. El bosque no perdona a quien olvida quién es el lobo.

Histérica, Martina contesta, a la desesperada.

@AylaRoja

| Déjame en paz, ¿qué demonios quieres de mí?

La respuesta no se hace esperar:

@LoboEstepario

| No tengas miedo. Todos llevamos una máscara. Yo solo quiero hablar con la verdadera tú. Eso sí, te advierto, no se te ocurra bloquearme o las cosas se te van a complicar mucho. De momento te he rastreado, y te estoy acechando, Caperucita, pero no me obligues a cazarte, porque no dudaría en hacerlo.

«La verdadera tú»… se repite esta frase, sin creérselo del todo y piensa aterrada, Lobo sabe quién soy, seguro de que lo sabe. También donde vivo, dice que me ha rastreado, que no dudaría en cazarme. Dios mío, ¿qué puedo hacer?

Esta noche tampoco puede dormir. Repasa cómo ha llegado hasta este punto y se pregunta también qué ha hecho para merecer eso. Cree que no se lo merece, que ella no ha hecho nada, que todo es culpa de la red. Piensa en las palabras de Lobo, hablando de bosque.

Entiende de repente que la red es un bosque sin ley, donde impera el más fuerte, el más astuto, donde se puede mentir, extorsionar y chantajear a los demás, debajo de un disfraz, aprovechando la impunidad del anonimato.

«Eres culpable», le dice una voz en su interior, «tú también has hecho cosas horribles, tú también has acosado». Piensa en Lía, y entonces recuerda cómo empezó a usar las redes para vengarse de ella, como cruzó líneas peligrosas, mintió, se inventó perfiles, obtuvo información y fotos de ella.

No se arrepiente, «se lo tenía merecido», piensa con furia y desesperación. «Tal vez tú también», contesta la voz odiosa en su cabeza.

PARTE 2

Acecho

En Internet, tu vida deja de ser tuya al instante

Elena Martínez Blanco (Bajo el paraguas azul)

Capítulo 7

La trampa

Gema

Te echo de menos, Martina, no puedo creer que hayas sido capaz de borrarme de tu vida sin más, de un plumazo. Después de años de amistad, de haberlo compartido todo, de habernos contado sueños y confidencias, de haber sufrido el acoso de los demás juntas, tú vas y desapareces. Te cambias de instituto, y de paso me dejas atrás. ¿Por qué lo has hecho?

No sé cuándo empezaste exactamente a alejarte. No fue de golpe, no. Fue algo lento, como cuando se escapa el aire de un globo pinchado. Un día éramos tú y yo, como siempre habíamos sido, éramos nosotras, riéndonos de tonterías, hablando de los profes, de chicos, de perder peso y operarnos, de lo que íbamos a hacer para lograr triunfar y al día siguiente… nada.

Cambiaste de instituto, no por gusto, sino por tus padres porque así lo decidieron y eso al principio me pareció normal. Nos veríamos los fines de semana, seguiríamos hablando por WhatsApp, todo eso. Pero no. Empezaste a estar ocupada, a contestar cada vez más tarde, a decir ya hablaremos, como si nuestras conversaciones fueran un trámite pesado. Y yo preferí callar.

Pero lo peor no fue que te alejaras. Lo peor fue que ni siquiera intentaste explicarme por qué lo hacías. Como si no me debieras ninguna clase de explicación, como si después de todos esos años de ser tu mejor amiga, de quedarme a dormir en tu casa cuando llorabas porque tus padres no te hacían caso, y te sentías sola, ya no me necesitaras. Como si después de defenderte, cuando los demás en el instituto se metían contigo por tu cuerpo, se burlaban de ti y te acosaban, lo hubieras borrado y lo hubieras olvidado todo. Como si nuestra amistad, nunca hubiera existido.

Y luego te metiste en ese grupo, El Rincón Seguro, te dije que no me gustaba, que sonaba a secta con este nombrecito. Qué ironía, porque desde que entraste ahí, te volviste otra. Más seria, más encerrada en tí misma, más misteriosa. Como si estuvieras descubriendo algo que yo no podía entender. Como si estuvieras dejando atrás todo lo que fuiste, lo que fuimos juntas.

Empezaste a querer ser otra, hablaste de crearte una identidad nueva en redes, de salir con un vestido rojo, bien maquillada y una pose sugerente, de coger un nick provocativo, incendiario. Reconozco que fui demasiado sincera, demasiado brusca tal vez y te intenté hacer cambiar de parecer. No era mi intención burlarme de ti, pero aun así tal vez te ofendiste. Aún recuerdo lo que te dije:

«No me digas, Martina que te vas a prestar a eso… ¿Tú en una pose sexy y sugerente? No me lo imagino. ¿Sabes lo peligroso que es exponerse en redes? No caigas tan bajo, Martina, no merece la pena».

No me lo perdonaste, por lo menos eso creo, porque poco después, desapareciste, sin tomarte ni siquiera la molestia de despedirte. Y apareció esa cuenta nueva. Esa @AylaRoja.

Sé que eres tú, porque te conozco desde que éramos niñas y a mí, no me puedes engañar. Se nota que has estado estudiando cómo lo hacen las demás. El ángulo, la luz, el gesto. Ya no son tus fotos feas del móvil viejo, hay algo más ahí, y este algo no eres tú, o tal vez sí, por lo menos no eres la que conocí. Y yo te observo, no te doy *like*, claro, ni escribo comentarios, pero te miro. Cada vez que subes algo, yo estoy ahí, en silencio.

A veces pienso que me gustaría escribirte, decirte todo esto, contarte que el olvido duele. Otras veces, solo imagino lo que pasaría si alguien te dijera lo que de verdad piensa de ti, pusiera un espejo delante de esa fachada tan artificial y revelara quién de verdad eres.

Pero no, yo no soy así. ¿O sí? No lo sé. A veces siento que estoy tan herida que no sé distinguir entre lo que quiero hacer y las ideas que cruzan mi mente en los días malos. Lo único que sé es que no merecía desaparecer así de tu vida. Que me dejaras tirada sin una explicación.

¿Sabes, Martina? Las cosas, cuando se rompen así, no se arreglan con filtros ni frases inspiradoras. Estoy bien, estoy mejor sin ti, esto me repito y te echo tanto de menos que he empezado a escribirte en este diario. Y mientras tanto, te sigo y me asombro de la persona en la que te estás convirtiendo.

***

Xavi

Acabo de escribir a Martina, demasiado tarde tal vez, sincerándome y explicándole que la echo de menos, desde que se ha marchado del grupo. Tal vez haya sido una torpeza por mi parte, pero tengo la sensación de que se está alejando y que si no hago algo, la voy a perder, o tal vez se vaya a perder ella.

La primera vez que la vi fue en el Rincón Seguro, una tarde cualquiera, sin expectativas. Empezó a participar en las conversaciones, con timidez, como si no se atreviera a expresarse. Poco a poco se animó y comenzó a intervenir. Samuel decidió cambiar el formato del foro y convertirlo en una videollamada y entonces la vi. Me gustó, aunque la noté insegura, vulnerable también; me fijé en que apenas intervenía y no miraba directamente a la cámara.

Hasta que un día, alguien dijo algo que le llegó, sobre no encajar en casa, sobre sentirse fuera de lugar incluso con tus amigos. En aquel momento, levantó los ojos, muy despacio y empecé a entender. Supe que esa chica había sentido dolor, de ese que no se dice, de ese que se calla para no romperse del todo.

Al principio no hablaba, solo se conectaba, escuchaba y se iba. Pero yo me fijaba en ella. En cómo se mordía las uñas cuando alguien compartía algo personal, en cómo asentía casi imperceptiblemente cuando otro se atrevía a hablar de lo que dolía. Nunca se burlaba, ni interrumpía. Solo escuchaba y asentía, como si entendiera mejor que nadie lo que se estaba diciendo. Como si lo hubiera vivido en carne propia.

Con el tiempo empezó a abrirse. Una frase, una duda, un comentario, una pregunta lanzada al aire, como si no esperara respuesta. Y poco a poco fui entendiendo que su forma de estar en el mundo era eso: contenerse, observar, sobrevivir. Tenía una manera de hacerse invisible, pero una vez que la mirabas, ya no podías dejar de hacerlo.

Me enamoré, aunque nunca dije ni hice nada que pudiera hacer sospechar lo que sentía por ella. Y justo cuando había decidido lanzarme, comenzó a cambiar.

Fue gradual, casi imperceptible. Primero, dejó de acudir con tanta regularidad. Luego, dejó de escribir en el grupo. La siguiente vez que la vi, había algo distinto en ella. Llevaba los labios ligeramente pintados, y aunque seguía bajando la mirada, lo hacía con una actitud nueva, más estudiada, como si estuviera construyendo otra versión de sí misma, pieza por pieza.

Un día, sin saber por qué, pensé: Martina ya no está aquí, está en otra parte, no físicamente, pero sí por dentro. Como si se hubiera mudado a un lugar secreto, como si hubiera adoptado una identidad nueva, como si algo o alguien la estuviera empujando a dejar atrás lo que era. A reinventarse.

Y no supe si eso era bueno o una señal de alerta pero intuí que acabaría marchándose. Y así fue. Solo me dio tiempo a darle mi WhatsApp, mi Instagram y ella me dio los suyos. Todo fue muy rápido, precipitado.

La busqué, había dicho algo de redes, como si le interesara el tema y pensé que tal vez la encontraría ahí. En su perfil @SimplyMartina, apenas publicaba, pero sabía que se conectaba por las noches.

Fue cuando empecé a ver a @AylaRoja. Primero, por casualidad, una historia, una frase que me sonaba.

Luego me encontré con una publicación. Una foto velada. Un texto fuerte, crudo, pero con algo dulce entre líneas. Una mezcla entre dolor y rebeldía que reconocí al instante. Y fue así como todo cobró sentido. Me bastaron tres publicaciones para estar casi seguro: @AylaRoja era Martina.

Pero no mi Martina, no la que conocí. Era otra, alguien nuevo que había nacido del dolor, del rechazo, del hambre de ser vista. Ayla tenía voz, estilo, seguidores cuyo número aumentaba cada día, gente que la alababa, que le ponía *likes* y corazones. Gente que la escuchaba y la aplaudía, y en el fondo, ¿quién no quiere eso?

Me impresionó y también me dolió porque entendí que se había sentido sola. Que no había confiado en ninguno de nosotros, ni siquiera en mí y que había decidido internarse en otro lugar menos seguro que nuestro grupo de apoyo.

Sentí miedo por ella, por conocer la red y los peligros que entrañaba, Martina no estaba preparada para eso, ni siquiera yo lo estaba. No pude decírselo, no lo habría aceptado. Tal vez necesitaba este refugio que había construido.

Ahora estoy preocupado, y no sé lo que va a pasar, solo sé que echo de menos a la Martina silenciosa que escuchaba con los ojos. Y que, aunque Ayla brille más, en el fondo, no deja de ser ella misma, detrás de un disfraz, intentando salir de la oscuridad y llegar a la luz.

Ojalá lo logre y no se pierda en el camino. Ojalá, un día, podamos vernos, cara a cara y volver a hablar sin máscaras.

Lobo

El rastreo ha terminado, se acabó la búsqueda. No hay más dudas. No la espío para entenderla, ya no lo necesito. La conozco bien y leo en su interior como en un libro abierto. Ahora me limito a observarla, para predecir su próximo paso, mientras disfruto de la espera.

Sé todo de ella, a qué hora se suele conectar en redes, qué filtros le gustan, conozco las canciones que pone en sus historias cuando se siente poderosa, y cuáles cuando se arrastra por dentro. La reconozco en los gestos que repite sin darse cuenta: la forma en que gira ligeramente el rostro para no mostrar el lado que odia, cómo entrecierra los ojos antes de publicar algo, como si dudara de su derecho a existir.

La conozco mejor que nadie. Mejor que su madre, que ella misma. El rastreo ha sido lento, meticuloso, como todo lo que merece la pena. Y ahora viene la parte que más disfruto. El acecho. El silencio que precede el ataque, la quietud antes de la tormenta.

Aguardo en la sombra, miro los mensajes que escribe, tomo nota de los que no contesta y me fijo en los que no debería haber leído. Estoy en los silencios de sus publicaciones, en la falsa seguridad de sus *likes*, en la pulsión con la que abre sus notificaciones y espera que el mundo le diga quién es.

Y pronto, muy pronto, empezaré a hablarle más a menudo, para que me tenga presente, para que sea lo primero que recuerde al despertar y lo último a cerrar los ojos antes de dormirse. Primero, he entrado en su vida como el aire que se cuela por la rendija de una puerta mal cerrada. Después he sido más claro, más directo. Pero ahora toca abrir esa puerta en grande, forzarla si hace falta incluso romperla si es necesario, para irrumpir en su vida, y no permitirle que me ignore.

La clave está en la espera, en la paciencia, en el ritmo. Un buen cazador no tiene prisa, nunca se precipita, deja que la presa sienta que está a salvo, que ha logrado escapar, que por fin ha despistado el lobo, y que ha ganado. Entonces, en el momento en el que se relaja, se expone. Y ahí estaré yo, esperándola.

Ella cree que está construyendo algo, una identidad nueva, que se ha reinventado. Cree en esta nueva versión de ella más fuerte, más independiente y más brillante, como si bastara un perfil falso para tapar los vacíos de su vida antigua.

Siento decírtelo, Caperucita, el pasado no desaparece, solo se agazapa, esperando el momento justo para volver. Y yo soy el eco de ese pasado. Yo soy quien te conoce porque te ha visto desde el principio, antes de tu transformación, soy quien te miraba cuando nadie más lo hacía, el que te acecha ahora.

El acecho es un arte. Se basa en mirar sin ser visto, en anticiparse, en olvidarse de la prisa. La prisa es de los débiles, de los que no están seguros de su poder y dudan de su victoria. Los fuertes esperan, por eso yo espero.

Y yo estoy cada día más cerca, cada noche más atento a las imágenes que compartes, a las pistas que me regalas a diario. Cada palabra que escribes me habla de ti y de lo vulnerable que has sido siempre. Aunque creas que un nombre nuevo puede cambiarte.

Pobre @AylaRoja, siento decirte que has escogido un nombre ridículo, pretencioso y patético a la vez. Quiere ser una muestra de poder, una declaración de intenciones, un mensaje a los que te miran, pero no basta.

De momento te estoy acechando y espero que llegue la hora de actuar. Y estoy preparado.

***

MARTINA

No he pegado ojo esta noche. Después del mensaje que me mandó el tal Lobo, no he parado de dar vueltas a mi situación y no llego a ninguna conclusión. ¿Qué puedo hacer? Mi primer impulso sería bloquear a este tipo, pero ha sido muy claro. Aún se me ponen los pelos de punta cuando recuerdo sus palabras: «…te advierto, no se te ocurra bloquearme o las cosas se te van a complicar mucho».

Complicarse ¿cómo? Sé que es una amenaza, pero ¿de qué me está amenazando exactamente? Me imagino que sabrá cosas de mí: quién soy, mi nombre verdadero, dónde estudio y dónde vivo, y me aterra la idea. Tengo miedo de encontrarme con él de repente en cualquier esquina, y lo peor, es que no sabría reconocerlo, porque no sé quién es; sin embargo, él sí parece saberlo todo de mí, y esta es su ventaja.

Podría pedir ayuda, pero ¿a quién? Pienso en mis padres y descarto enseguida la posibilidad de hacerlo. Tendría que explicarles todo, lo de las redes, de los falsos perfiles, y creo que sería peor.

En otros tiempos, habría recurrido a Gema, pero la aparté de mi lado y no quiero suplicarle para que me escuche. Tampoco la echo de menos, y no me gustaría volver a hacerle un sitio en mi vida.

Luego está Xavi, es un buen chico, creo que me escucharía y sabría entenderme, pero no sé…me da pudor explicarle el lío en el que me he metido, y enseñarle mi perfil de Ayla, me avergüenza hablarle de que también soy @AlexanderGold. Tal y como conozco a Xavi, no creo que pueda aprobar algo así. Vuelvo a leer su último mensaje y sonrío.

«Solo quería decirte que te he echado de menos, hoy en el grupo. Me cuesta hacerme a la idea de que no te voy a ver más. Me gustaría quedar, un día de estos, para tomar algo y charlar, si te parece. Solo si tú quieres. Cuídate».

Pensar en él me tranquiliza, decido contestarle para quedar. ¿Qué más da si no estoy aún en mi peso ideal? No es una cita romántica, solo una ocasión para conocernos. No sé si le explicaré lo que está ocurriendo, lo decidiré cuando le vea y hable con él cara a cara.

Desde la cuenta de @SimplyMartina, le escribo.

@SimplyMartina:

| Hola, Xavi, estoy bien, gracias por acordarte de mí. Yo también echo de menos nuestras conversaciones, pero esto de que no nos vamos a ver más, no tiene por qué ser así. Podemos quedar, esta

tarde o mañana después del instituto. Dime si te va bien y donde. Claro que quiero.

No tarda en llegar la respuesta.

@XaviFreeSoul:

| Hola, Martina, me alegro saber que estás bien, hoy no puedo quedar, estoy muy liado, pero podríamos vernos mañana, viernes, sobre las 17h00. ¿Qué te parece si quedamos en la cafetería *Les gens que j'aime?*[1] ¿La conoces?

Siento mariposas en el estómago. El sitio que propone es ideal, superromántico, no puedo creer que quiera quedar ahí, pero me encanta.

@SimplyMartina:

| Por mí perfecto, nos vemos allí, mañana a las 17:00.

La alegría de quedar con Xavi me ha hecho olvidar por un momento lo que ha ocurrido ayer, pero cuando me acuerdo, una nube negra enorme se posa sobre mí. ¿Qué voy a hacer?

---

[1] La gente que quiero.

Entro en la cuenta de @AylaRoja para ver si hay mensajes, y miro la foto que subí antes de recibir el mensaje de Lobo. Aparecía de perfil, como siempre, con fondo difuminado y los labios pintados de rojo intenso, con el mensaje:

«Rojo es mi color, audaz y valiente».

Sonrío al ver muchos *likes*, emojis, aplausos, pero de pronto me detengo al ver una reacción extraña que me sorprende. Es de @GirlOnFire, es una seguidora nueva que hasta ahora, ha sido bastante agradable y ha puesto *like* en varias de mis fotos. Pero esta vez, no hay ningún *like*, solo un emoji de alguien que se ríe, tanto que llora. ¿Se está burlando de mí? Me quedo petrificada. ¿A qué viene eso?

En el mismo momento, me entra un mensaje: @GirlOnFire me ha escrito.

Cuando lo abro, no doy crédito.

@GirlOnFire:

| ¿Tú? ¿Valiente? Por favor. Ni con filtros consigues parecer otra cosa que lo que siempre has sido: una chica acomplejada que se esconde en las sombras.

Me sobresalto, parpadeo, vuelvo a leer. No entiendo al principio si se trata de una broma. Pero no lo es y no tiene ninguna gracia. Sé que no debería darle importancia, que las palabras de una desconocida no tienen sentido, pero aun así me duelen sus críticas. Porque una parte de mí, la más débil, la más herida y tal vez la más auténtica se las cree.

Decido bloquearla pero cuando me dispongo a hacerlo, entra otro mensaje suyo:

@GirlOnFire:

| No importa cuántos filtros uses, hay cosas que no se pueden maquillar. El ridículo, por ejemplo.

Esta vez, reacciono, no pienso callarme ni bloquearla. ¿Qué se ha creído esta? Le voy a contestar ahora mismo.

@AylaRoja:

| Desde luego, eres sorprendente @GirlOnFire, ayer pretendías ser agradable, hoy me insultas sin motivo. Pareces bipolar. ¿Qué pasa contigo?

@GirlOnFire:

| Qué bien finges. Casi te crees tu propio personaje. Pero algunas sabemos quién eres en realidad. Anda, huye otra vez y bloquéame, si es lo único que se te ocurre; pero si lo haces, será que he acertado y que te duelen las verdades.

No pienso entrar en este duelo de palabras hirientes, ni seguirle el juego. Recuerdo esta frase: el mayor desprecio es no hacer aprecio y opto por ignorarla, ningunear sus comentarios, hacer como si no existiera, hasta que se canse.

Respiro hondo, noto cómo me invade la ansiedad y mientras todavía estoy temblando de indignación, recibo un mensaje de @HopeLight.

@HopeLight:

| Buenos días, estás preciosa en esta foto. Estoy de acuerdo contigo, el rojo es tu color y se nota. Mostrarse es un acto de valentía, es decir aquí estoy, y eso requiere fuerza, la tienes, incluso te sobra. Por esto y por más cosas, te admiro.

@AylaRoja

| Buenos días y gracias, me vienen muy bien tus palabras, especialmente hoy.

@HopeLight:

| ¿Por qué? ¿Te ha ocurrido algo?

@AylaRoja:

| No tendría por qué haberte dicho nada, pero no lo he podido evitar porque siento que me entiendes.

@HopeLight

| Escríbeme lo que necesites. A veces soltarlo ayuda más de lo que creemos.

@AylaRoja:

| Verás…últimamente… hay alguien que me está haciendo sentir muy mal.

@HopeLight

| Bueno, todos tenemos *haters*. Yo mismo los tengo.

@AylaRoja:

| Ya, y yo… Ahora mismo una chica me acaba de escribir barbaridades cuando ayer todo eran cosas bonitas, ya sabes…

@HopeLight:

| ¿Y eso?

@AylaRoja:

| Lo que te voy a contar ahora es distinto. Este personaje me escribe por la noche, con comentarios muy extraños, y estoy asustada. Me da la sensación de que me espía, me amenaza, no sé ni cómo explicarlo.

@HopeLight:

| Eso suena muy inquietante. ¿Le conoces?

@AylaRoja:

| No, en absoluto. Al principio me mandaba mensajes anónimos. Luego continuó, y empezó a firmar como Lobo, pero no sé quién es. Sin embargo, es como si él… supiera cosas de mí. Como si me observara, no sé si me estoy volviendo paranoica o si de verdad me está vigilando.

@HopeLight:

| Eso no es paranoia. Es miedo, y si lo sientes, si algo te revuelve por dentro, presta atención a tus emociones. Es que tu intuición te está avisando del peligro. ¿Se lo has comentado a tus padres? ¿A alguna amiga?

@AylaRoja:

| No, solo a ti, nadie más lo sabe. Ni siquiera Xavi, un amigo del grupo donde estaba antes. No he querido preocupar a nadie. Pero ahora tengo miedo. Me da miedo publicar y me da miedo no hacerlo.

@HopeLight:

| Tienes todo el derecho a sentirte así. No estás sola. Si puedo ayudarte, solo tienes que decirlo. Y si quieres hablarlo con alguien de verdad, estoy aquí. A veces una voz, una conversación sin pantallas, puede ayudar mucho más que los mensajes en redes.

@AylaRoja:

| Tal vez sí... No sé.

@HopeLight:

| Si alguna vez quieres quedar, aunque solo sea para tomar un café o pasear un rato en un lugar seguro, podemos hacerlo. Sin presión. Solo si tú quieres.

@AylaRoja:

| No sé… No sé ni quién eres.

@HopeLight:

| Es cierto, no nos conocemos, pero esta podría ser nuestra ocasión de hacerlo.

@AylaRoja:

| Gracias por leerme.

@HopeLight:

| No me des las gracias, somos amigos…o casi.

@AylaRoja:

| En serio, te lo agradezco. No sabía con quién hablar.

@HopeLight:

|Gracias a ti por haberme escogido de confidente y por confiar en mí. Y recuerda, cuando quieras, nos conocemos.

Capítulo 8

El punto de inflexión

Martina baja las escaleras con su mochila al hombro y la deja en la entrada. Entra en la cocina; huele a café recién hecho y a pan tostado. Su madre, de pie junto al fregadero, se acerca y la recibe con un beso, mientras su padre sentado, leyendo el periódico digital en la *tablet* le sonríe y se levanta para darle un beso.

La luz de la mañana inunda la estancia y contrasta con la noche horrible que acaba de pasar.

—¿Qué tal has dormido? —pregunta su madre, acercándose con suavidad—. Llevas días con mala cara, Martina. ¿Quieres que hablemos?

—No hace falta, estoy bien —responde ella sin mirarla.

Abre el armario, saca una taza al azar, pero la deja en la encimera y se olvida de llenarla. Sus gestos son torpes, inconexos.

—Pues a mí no me lo parece —interviene su padre, cerrando la tapa de la *tablet*—. Te pasa algo, estoy seguro. ¿Es en el instituto? ¿Alguien te está molestando?

—No seáis paranoicos —sonríe ella—, todo está bien, nadie me está molestando.

Una vez más, los esquiva. Elude sus ojos, sus voces, sus intenciones, rechaza sus intentos de acercarse. Coge una manzana y se la guarda en la mochila, sabiendo que no la comerá y la echará a la primera papelera que encuentre. No ha desayunado nada desde hace días, apenas come y su estómago está cerrado como un puño.

—Tengo que irme —murmura.

Su madre intenta retenerla con la mano, pero Martina se suelta con rapidez. Sale al pasillo. Luego, la puerta se cierra detrás de ella con un golpe sordo. Se va sin mirar atrás, sin darse cuenta de que su madre se ha quedado llorando y que su padre está intentando consolarla, más preocupado que nunca.

En la calle, el viento fresco la recibe y su caricia la despeja un poco. Camina con la capucha puesta, como si eso bastara para aislarse y protegerse del mundo. Lleva los auriculares puestos pero sin música. Mira a su alrededor de forma furtiva, cambia de itinerario y da un par de vueltas a la manzana, alarga su recorrido y camina más de lo normal, como si eso pudiera despistar a alguien.

Mira detrás de ella. Dos veces, tres, no puede parar de hacerlo. El corazón le late desbocado y le cuesta respirar, como si corriera. Tiene la sensación absurda, o tal vez no tanto, de que la están siguiendo. Como si hubiera ojos espiándola en cada ventana, sombras acechando en cada esquina.

Cada paso que anda le cuesta más, es más pesado. Cada sombra, más sospechosa. Cuando llega al instituto, lo hace más tarde que de costumbre. No lo suficiente para evitar las clases, pero sí para entrar casi sola. Le gusta así. Nadie la mira. O eso cree.

Pero al cruzar el patio, donde aún hay gente, siente que todas las miradas están clavadas en su espalda. No se gira, no quiere ver quién la observa, ni confirmar lo que ya teme.

Al entrar, nota vértigo, las voces suenan amortiguadas como si las paredes estuvieran acolchadas. Está mareada y piensa que será por no comer lo suficiente, debería haber desayunado algo.

Se sienta en su pupitre sin saludar. Mira alrededor, nadie la mira, nadie le habla ni le sonríe. Pero su acosador podría ser cualquiera, sospecha de todos, de las chicas del fondo, que siempre están con el móvil, de los chicos que hacen bromas en la esquina. Incluso llega a pensar en el conserje, que a veces la mira demasiado fijamente.

Piensa que mañana verá a Xavi. Tal vez debería contárselo todo. Él escucharía, seguro que la entendería, o no... Ya no sabe en quién confiar, no está segura ni de él, ni de nadie.

Entonces, en mitad de la clase de Lengua, nota algo raro, el peso de una mirada insistente. Un chico, cree que se llama Marcos, la está observando desde la fila de al lado. No parece hacerlo con burla, ni con desprecio, más bien con algo que parece curiosidad, interés, o Dios sabe qué.

Se pone a la defensiva, pensando que podría ser él. En el descanso, Marcos se le acerca y le habla con voz amable:

—Hola, ¿tú eres Martina, la de @SimplyMartina? Solo quería decirte que me gusta tu cuenta.

Se queda helada. ¿Cómo sabe eso? ¿Quién se lo ha dicho? ¿Desde cuándo la sigue? El corazón le da un vuelco. Da un paso atrás.

—No me hables —espeta. Su voz suena dura, áspera—. Déjame en paz.

El chico se queda parado, desconcertado, con las manos en los bolsillos.

—Perdón, yo…solo quería ser amable.

—Pues no lo seas. No necesito a nadie.

Y se va. Camina rápido, sin mirar atrás, aunque el pulso le tiembla. Se encierra en el baño. Saca el móvil. No hay mensajes nuevos. Ni de @HopeLight ni de nadie. Solo una notificación nueva:

@GirlOnFire:

| Siempre con las mismas fotos, las mismas poses… ¡Qué cansina! ¿De verdad crees que alguien quiere verte?

La cierra sin pensarlo. Pero ya es tarde. Las palabras le han alcanzado, se le han clavado, haciendo que se sienta pequeña, inútil y horrible. Se mira al espejo. Su reflejo es el de una chica pálida, con el pelo apagado y los ojos tristes, con las ojeras oscuras que le han dejado varias noches de insomnio.

Siente que está perdiendo el control, pero confía en que pronto se arreglará. Se dice para tranquilizarse que mañana, todo irá mejor, será un día importante. Mañana hablará con Xavi, quizá.

Llega a casa deprimida, no saluda a nadie y se encierra directamente en su habitación. Necesita darse una ducha bien fría para calmarse, y tal vez hablar con @HopeLight.

Abre el portátil, entra en Instagram y se va quitando la ropa, tirándola encima de la cama, hasta quedarse completamente desnuda. Se siente mareada y recuerda que apenas ha comido. Pero cuando se mira en el espejo, se ve mejor, más delgada y eso compensa todos los sacrificios.

Entonces se anima, se viene arriba y empieza a hacer poses sugerentes; se acaricia los pechos, la parte de su cuerpo que más le gusta y se mira el trasero. Pone morritos como lo ha visto hacer a las chicas del instituto. Está lejos de tener el cuerpo que quiere, pero está en camino y esto le sube la autoestima.

Se pasea contoneándose por la habitación, mirando el balanceo de sus caderas, y de sus pechos voluminosos, y sacude la cabeza con orgullo, alzando la barbilla.

Esta soy yo, piensa, soy @AylaRoja, y a el que no le guste, que no mire.

Antes de ducharse, se sienta delante del ordenador y comprueba que no hay mensajes nuevos. Respira aliviada. Menos mal porque ya no se siente capaz de soportar mucho más. La ducha le sentará bien, está segura, y luego, tal vez escriba a @HopeLight. Él sabe encontrar siempre las palabras justas, las que le calman sin darle consejos, las que le animan pero no la juzgan.

Ha sido un día intenso en el instituto, no se ha enterado de las clases, estaba demasiado ocupada al comprobar si alguien la seguía, la miraba o la espiaba. Se acuerda de este pobre chico que se le acercó, que intentó conocerla diciéndole que le gustaba su cuenta y de cómo lo mandó a paseo. Se siente mal por haber sido tan borde, pero estaba asustada. Maldito Lobo, está transformando su vida en un infierno…

Lo único que le apetece es refugiarse en su cuarto, mirar algunas tonterías en TikTok, hablar con @HopeLight, tal vez hacerse alguna foto nueva para subirla a Insta.

Se sienta delante del portátil, desnuda, y entonces se da cuenta de que hay una lucecita pequeña encendida sobre la pantalla. No ha cerrado la webcam del ordenador. Nunca lo hace, porque nunca se acuerda. Le ocurre desde que empezó las reuniones en video en el Rincón Seguro. Bueno, suspira, no pasa nada, solo es una luz inofensiva, o eso cree.

Ha oído hablar de hackeos, pero son cosas que les pasan a otras personas. A chicas famosas, o a youtubers descuidadas. No a alguien como ella, no a una chica del montón que no conoce nadie y que tiene apenas cuatrocientos seguidores en redes.

Justo cuando se sienta en la cama, apoyando el portátil sobre las piernas, ocurre. Aparece un mensaje privado en la cuenta de @AylaRoja y es de @LoboEstepario. Su primer instinto es ignorarlo, ni siquiera abrirlo, pero se acuerda de sus amenazas:

«...te advierto, no se te ocurra bloquearme o las cosas se te van a complicar mucho».

Se pone a sudar y no puede controlar el temblor de su cuerpo. ¿Qué querrá de ella ahora? Recuerda sus palabras:

«No tengas miedo. Todos llevamos una máscara. Yo solo quiero hablar con la verdadera tú. De momento te he rastreado, y te estoy acechando, Caperucita, no me obligues a cazarte, porque no dudaría en hacerlo».

A lo mejor, solo quiere hablar, piensa, pero las palabras que hablan de cazarla desmienten esta idea ingenua. Ahora no solo está asustada, está aterrada. Aun así, abre el mensaje, no le queda otra. Se fija en que lleva un archivo adjunto.

El texto es tan brutal como corto.

@LoboEstepario

| ¿Quieres que todos te vean como yo te he visto?

Siente un escalofrío, traga saliva. Con manos temblorosas, abre el documento adjunto.

Y ahí está. Una foto suya, algo borrosa, pero claramente suya. Ella, en su habitación, justo unos minutos antes. De perfil, desnuda, agachada sobre el portátil. Su rostro es parcialmente visible, pero inconfundible. Su cuarto, su cama, sus dibujos en la pared. Su vida entera expuesta.

El mensaje que viene después es aún peor, tanto que se cubre la boca con las dos manos, para no ponerse a chillar.

@LoboEstepario

| Lo sé, lo sé, la calidad no es óptima, no se te reconoce del todo y la pose es sosa, demasiado estática. ¿Quieres que busquemos algo más picante con más movimiento?

No, por favor, no, suplica Martina mentalmente, me voy a volver loca, que acabe ya. Justo después, llega otro documento, es un video, en el que sale desnuda.

Fue grabado apenas unos minutos antes, mirándose el trasero, acariciándose los pechos, poniendo morritos.

Piensa en sus padres, se imagina su reacción cuando la vean, piensa en Xavi, en los del instituto, y de pronto quiere desaparecer, prefiere morir antes de que esto ocurra. Pero no acaba ahí:

@LoboEstepario

| Tengo más, muchas más. He estado viéndote, Caperucita y si no haces lo que te pido, las subiré.

@AylaRoja

| ¿Qué tengo que hacer?

@LoboEstepario

| Mañana, jueves, a las 22:30, en el Parque de García Lorca, junto al banco del estanque. Ven sola. Ni una palabra a nadie. Si hablas, lo lamentarás.

Martina lanza el portátil sobre la cama como si le quemara las manos. El corazón late desbocado en su pecho. Se pone de pie, respirando con dificultad, mientras que el cuarto le empieza a dar vueltas. ¿Cómo ha podido ocurrir? ¿Cómo es posible?

Y entonces se acuerda del día en que intentó instalar un programa gratuito para editar vídeos. Lo descargó sin pensar desde un foro. No tenía antivirus actualizado. Le salió una ventana emergente con permisos de acceso y simplemente le dio a «Aceptar».

El programa nunca funcionó, pero ella lo dejó estar, luego se olvidó. Pero no le pasó una vez, sino muchas, con otros muchos programas para ponerse filtros, mejorar sus fotos, sus vídeos. Lobo pudo entrar por ahí y activar la cámara sin que lo supiera. ¿Es posible o solo ocurre en las películas?

No sabe si es técnicamente posible espiar a un usuario a través de su propia webcam. Decide preguntarlo por internet y la respuesta confirma su sospecha. Sí se puede, si el dispositivo ha sido infectado con un *malware,* un RAT o sea un *Remote Access Trojan* (RAT), un virus que permite al atacante controlar remotamente la cámara sin que la víctima lo sepa. La información señala que, en algunos casos, el atacante puede activar la cámara a horas específicas para evitar ser detectado, y acceder a archivos personales. Luego menciona un ejemplo real, el caso de un *hacker* que espiaba a jóvenes a través de sus portátiles y luego las chantajeaba. No ha sido un caso aislado, hay más, y algunos de ellos, fueron denunciados.

Esto es exactamente lo que me está ocurriendo, piensa, aterrada. Pero ¿quién podría querer hacerme daño? ¿Quién me podría odiar tanto?

Algunos nombres desfilan por su cabeza, tal vez Gema, queriéndose vengar, pero la descarta rápido, primero porque no tiene conocimientos para hacer eso; segundo, porque tampoco cree que la odie tanto, aunque la verdad, sería lógico porque se ha portado fatal con ella.

¿Podría ser Lía? ¿Ha podido darse cuenta de que yo soy @AlexanderGold, también @AylaRoja y @SimplyMartina? Yo también tengo sus fotos, aunque no se las he robado, pero también la estoy manipulando y tengo que reconocer que esto es repugnante por mi parte. No, no creo que sea Lía, no la veo tan lista para ir tan lejos en una venganza, además, ni me conoce, no sabe nada de mí. ¿O sí? Ha podido encargar el trabajo a otro…

Empieza a dudar. Lía no sabe nada de ella, igual que ella tampoco la conoce, pero sin embargo, ha sido capaz de llegar a ella, entablar conversación, ha ganado su confianza y ha logrado obtener fotos suyas.

¿Y si fuera la tal @GirOnFire?, no, no lo cree porque es una chica, por lo menos, esto dice, pero con los perfiles de Internet, nunca se sabe; ella misma tiene perfiles de dos chicas diferentes y un chico.

Llega otra notificación, de seguir así, se va a volver loca, pero tiene que abrirlas, para saber qué ocurre. Ojalá no sea Lobo, ¿qué más puede querer?, no lo soporta más…

No es Lobo, sino Lía, y sus manos tiemblan cuando abre el mensaje. Es una foto suya, con los pechos desnudos, sonriente y con aire provocativo. Y un mensaje:

| Tengo muchas ganas de conocerte, Alexander. ¿Por qué no quedamos tú y yo?

Martina se va corriendo al baño y vomita, asqueada. Se siente invadida, humillada, sucia. Como si alguien la hubiera violado, manoseado, como si ya no le quedara ningún lugar seguro en el mundo.

El tiempo corre en su contra, la cita es mañana, a las 22:30. No sabe qué hacer, ni si debería ir ni cómo hacerlo. No acostumbra a salir entre semana y sus padres se van a sorprender, tal vez no le permitan hacerlo.

Atrapada, se siente atrapada, enredada como una mosca en una telaraña, a punto de ser devorada. O como Caperucita en el bosque, a punto de encontrarse con el lobo.

Se sienta otra vez delante del portátil sin poder dejar de temblar. Cubre la cámara con cinta, aunque es consciente de que ya es tarde para tomar precauciones. El mensaje sigue ahí. Frío. Amenazante. La foto también y el maldito vídeo.

Piensa en escribirle a @HopeLight, en contárselo todo. Pero sus dedos no responden. Le duele el pecho y le cuesta respirar. No puede decírselo a sus padres ni a Xavi. Ni a nadie. Tiene demasiada vergüenza, y está aterrada. Piensa que si no va a la cita, Lobo cumplirá sus amenazas y si sube el vídeo, y lo hace circular, no podrá soportarlo.

No podrá volver al instituto, ni hablar con Xavi, ni salir a la calle, ni podrá seguir viviendo, ya no como @Ayla Roja, ni siquiera como Martina, nunca más.

Lee de nuevo el mensaje, «a las 22:30, en el parque García Lorca, en el banco del estanque». Mira el reloj. Faltan veinticuatro horas y no sabe qué hacer.

CAPÍTULO 9

La cita

No puedo dejar de temblar, de darle vueltas a todo esto. Vuelvo a leer el último mensaje. No hay duda: la foto es real, el vídeo refleja mi numerito, el que hice frente al espejo. No se puede ser más imbécil ni más patética. Este es mi cuarto, es mi cama, mi cuerpo, mi vida entera...Todo va a quedar expuesto por mi culpa, y ni siquiera sé cómo lo ha hecho.

Es como si se hubiera colado en mi intimidad, sin abrir la puerta. El miedo se me clava en la nuca. Leo una y otra vez el mensaje:

«Tengo más, muchas más. He estado viéndote, Caperucita y si no haces lo que te pido, las subiré. Mañana, jueves, a las 22:30, en el Parque de García

Lorca, junto al banco del estanque. Ven sola. Ni una palabra a nadie. Si hablas, lo lamentarás».

Siento que todo a mi alrededor se hunde; ni en mis peores pesadillas, podía haber imaginado algo así, estoy tan aterrada que me levanto y me aparto del ordenador, como si con eso pudiera alejarme de los problemas, escapar de la red en la que me encuentro atrapada. Noto que estoy sudando de pura angustia, que tengo los nervios a flor de piel, y que todo mi cuerpo tiembla. Necesito detenerme, encontrar alguna salida, pero soy incapaz de pensar en este estado. Necesito una ducha larga, tal vez logrará calmar mi ansiedad.

* * *

Los padres de Martina llevan días preocupados, sin saber qué hacer. Presienten que algo no va bien, no solo por su mala cara, su comportamiento extraño y su pérdida de peso; tiene que haber algo más. Ha comentado que ahora tiene nuevos amigos en redes y eso ha despertado sus sospechas.

En la cocina, su madre deja enfriar su infusión sin tomarla, está nerviosa y también angustiada. Hace semanas que Martina se muestra distante. No habla, no sale, no come bien. Apenas duerme. Notan su malestar en las ojeras que el maquillaje no consigue disimular, en los platos que deja sin comer, en los silencios que se han vuelto habituales.

Su padre aparece en el umbral.

—¿No te parece raro que se pase la vida encerrada en su habitación?

Su madre asiente.

—No es la misma, ya no habla con nosotros, ni siquiera lo hace con su amiga Gema —añade, bajando la voz—. Tengo la sensación de que algo le pasa, aunque lo disimule. No sé, Ángel. Me da miedo que esté... metida en algo raro...en internet.

Él mira hacia el pasillo y se acerca en silencio hasta su habitación. Martina está en el baño, se oye el agua de la ducha; empuja la puerta que ha dejado entornada y ve el portátil, encendido. Vuelve rápido hacia la cocina.

—Está en la ducha —dice, en voz baja—. Tenemos que arriesgarnos, serán solo unos segundos.

Entran. La pantalla muestra el perfil de Instagram que está abierto. El avatar es la foto de una chica de labios rojos, desenfocada. Nombre de usuario: @AylaRoja.

La madre frunce el ceño.

—¿Quién es Ayla?

—Tu hija, Lucía. —Suspira su marido, abatido.

Y antes de que ella pueda responder, le enseña un mensaje, un icono en forma de lobo. Nombre de usuario: @LoboEstepario.

—¿Qué es esto? —susurró la madre.

El mensaje viene acompañado de un enlace. La vista previa muestra un vídeo.

Al abrirlo, se quedan impactados: Martina, desnuda, paseando por la habitación, acariciándose el pecho y haciendo poses. La imagen está desenfocada, pero se la reconoce.

Ángel aparta la vista, Lucía se queda petrificada. Lee el mensaje que acompaña el video:

«Tengo más, muchas más. He estado viéndote, Caperucita y si no haces lo que te pido, las subiré. Mañana a las 22:30, en el Parque de García Lorca, junto al banco del estanque. Ven sola. Ni una palabra a nadie. Si hablas, lo lamentarás».

Entonces comprenden que ha sido grabada sin saberlo. Ángel reacciona, saca su móvil de su bolsillo y saca una foto de la pantalla, de la cuenta de @AylaRoja con el mensaje, pincha el enlace de @LoboEstepario y entra en su cuenta, fotografiando sus mensajes, luego pincha el enlace del video y también lo fotografía. Mira a su mujer con el rostro desencajado.

—Hay que hacer algo— dice alarmado.

* * *

Salgo de la ducha, algo más calmada y trato de borrar de mi mente la conversación, pero nada borra esa punzada aguda en el estómago. He intentado ignorar a Lobo, pero él sigue con su juego siniestro y va siempre por delante. Las horas transcurren interminables, y sé que voy a pasar otra noche en vela. El parque de García Lorca está cerca de mi casa y me temo que solo puede significar una cosa: que Lobo lo sabe todo de mí, incluso conoce mi dirección.

* * *

Al día siguiente, por la mañana, Ángel y Lucía se presentan en la comisaría más cercana, para denunciar los hechos. Explican lo sucedido al agente que los atiende. En cuanto mencionan el vídeo y las amenazas, el funcionario frunce el ceño, y les pide que le acompañen, que les tomarán la denuncia sus compañeros del Grupo de Delitos Tecnológicos.

Les recibe el subinspector Gálvez, les pregunta el motivo de su denuncia y vuelven a explicarlo todo.

—¿La cuenta pertenece a su hija?

—Creemos que sí, aunque no sabíamos que usara otro nombre… @Ayla Roja. No nos lo había dicho. Encontramos el vídeo y los mensajes ayer por la noche.

El agente asiente sin mostrar sorpresa. Ya ha oído esa historia demasiadas veces.

—¿Saben si su hija ha podido compartir imágenes íntimas? ¿Ha conocido a alguien en redes recientemente?

Los padres dudan.

—Dijo que tenía nuevos amigos en redes —contesta el padre.

—Ha cambiado de instituto este curso y desde entonces, está muy aislada.

—Dudo mucho de que haya compartido estas imágenes —añade su padre—, creo que el tal Lobo la ha grabado sin que lo supiera, aunque no sé cómo ha sido posible.

—Puede haber sido filmada sin saberlo —comenta el subinspector—. Lo más común es que utilicen un *troyano* camuflado en una *app* o en un enlace trampa. A veces la víctima ni lo nota. Incluso pueden activar la cámara sin que aparezca el piloto rojo. Lo revisaremos todo.

—Este tal @LoboEstepario le ha escrito cosas inquietantes —se lamenta la madre—, y lo peor de todo es que le ha pedido que acuda a una cita esta noche, amenazando con subir el video si no acude.

—Supongo que no habrán traído el dispositivo, ¿verdad?

—No hemos querido que sospechara nada, pero hemos fotografiado la pantalla, con el enlace y el nombre de la cuenta.

El subinspector le pide que le mande la fotografía y toma nota de los dos perfiles.

—¿Y si el perfil es falso?

—Lo investigaremos. Muchos de estos acosadores usan VPN o redes TOR para ocultar su ubicación, pero siempre dejan algún rastro: metadatos, cookies, ID de dispositivo, errores humanos.

—¿Qué van a hacer ahora? —pregunta el padre.

—Para rastrear el mensaje, y la IP desde la que se envió el vídeo necesitaremos acceso a sus cuentas, pero no lo podemos hacer sin autorización judicial y puede tardar unas horas. Pero si la menor se encuentra en peligro inminente, hay que actuar —dice el subinspector con voz firme.

El padre de Martina palidece y se inclina hacia el subinspector.

—¿Está diciendo que...?

—Digo que si su hija ha sido citada esta noche por alguien que la está amenazando, y tenemos indicios claros de que se está cometiendo un delito, montaremos una vigilancia para intentar detener a Lobo.

La madre pregunta:

—¿Podrán encontrarlo?

El agente deja de teclear y la mira.

—Si acude a la cita, le detendremos y si no, seguiremos su rastro en las redes para ver si ha cometido errores. Tarde o temprano, todos los «lobos» dejan huellas. Con los datos que nos ha traído, haremos unas comprobaciones, a ver lo que encontramos. Hicieron bien en venir. Esto es muy serio.

La madre asiente, apretando los labios, apenas habla. El padre pregunta:

—¿Qué va a pasar esta noche?

—Ustedes no se preocupen por eso, salgan de su casa, como lo habían previsto, y déjennos trabajar. Estaremos pendientes de Martina y si el sospechoso se presenta a la cita, lo detendremos.

Los padres de Martina se van a casa y repasan una vez más el plan; ellos fingirán salir antes de la hora de la cita, alegando que un familiar cercano ha tenido un accidente y que lo acaban de ingresar en el hospital. Es fundamental que Martina no sospeche nada.

Mientras tanto, la policía trabaja. El agente especialista que investiga averigua que el vídeo ha sido subido a un servidor ubicado en Letonia. Se usó una red VPN comercial y se modificaron los metadatos. Pero cometió un error: al activar la webcam, el *malware* dejó un identificador, una especie de «huella digital». Se lo cuenta al subinspector Gálvez que le escucha con atención.

—¿Y eso ayuda?

—Sí. Ese identificador nos permite conocer el origen del ataque. Aún no sabemos quién es, pero es cuestión de tiempo que lo podamos desenmascarar.

El agente sigue tecleando con destreza. Dice que también ha encontrado una correlación entre el enlace del vídeo y un servidor ruso con antecedentes en difusión de contenido ilícito. Toma nota del *hash* del archivo para registrarlo en la base de datos.

—En mi opinión, este vídeo ha sido subido a una web en la *deep web*, que no es accesible desde buscadores normales. Posiblemente han accedido a su webcam sin su consentimiento. ¿Ella ha descargado algún programa extraño últimamente?

—Los padres no lo saben —comenta el subinspector.

—Se ha podido instalar un ejecutable oculto que se lanza con cada reinicio del sistema, un *keylogger* con acceso remoto. El acosador, quien fuera @LoboEstepario, la ha estado observando durante días, tal vez semanas.

* * *

MARTINA

Cuando se acerca la hora de la cita, me pongo nerviosa pensando en cómo podré salir sin que me vean. Decido que lo mejor es mentir a mis padres diciéndoles que me acostaré pronto, y hacerlo sin que se den cuenta, pero al final, no resulta necesario. Me avisan que un tío mío, hermano de mi padre ha tenido un accidente y que está en el hospital. Dicen que no hace falta que vaya con ellos, que es tarde y que mañana tengo clase. No insisto y doy gracias a la suerte, porque parece estar de mi parte, por lo menos en eso.

A las 21:30 me preparo, mis padres acaban de salir; me resulta raro que las cosas se hayan alineado a mi favor, pero sea como sea, me viene muy bien. Me visto con unos vaqueros y una sudadera negra ancha y me recojo el pelo. Me miro al espejo, vestida así vuelvo a ver a Martina, la misma de siempre, solo que más delgada y más triste. Mi rostro es pálido, con los ojos hundidos, pero no puedo llorar.

Tengo que ser valiente, ir al encuentro de mi acosador, y acabar con esto. Mientras salgo de casa, mi móvil vibra una vez más.

@LoboEstepario

| *No tardes.*

Me entran ganas de estrellarlo en el suelo, de verlo romperse en mil pedazos; ojalá fuera suficiente para acabar con el acoso, pienso furiosa, mientras voy caminando, pero no es tan simple. El parque de García Lorca está casi desierto a estas horas, y cuando me acerco al estanque, veo que está cerrado al público por mantenimiento. Lobo ha pensado en todo, ha escogido un lugar aislado, pero sé que aunque sea peligroso, tengo que acudir a la cita, como sea. Paso por encima del precinto y me adentro caminando entre los árboles, bajo la luz macilenta de las farolas. Sé dónde está el banco y voy en esa dirección, resignada como la víctima que se entrega a su verdugo. Todo, con tal de que acabe la pesadilla.

Llego puntual. Me quedo a algunos metros del banco, miro alrededor, pero no veo a nadie. Mi móvil suena, es una llamada desde un número oculto. Dudo, pero sé que tengo que responder. ¿De qué me serviría ser precavida? Mi vida está a punto de derrumbarse y nada puede ir peor.

—Diga…

—Muy bien, Ayla. Has venido —la voz está distorsionada, apenas humana—. Ahora, ve caminando hasta el banco del viejo quiosco de música.

—¿Qué quieres de mí? —grito, pero noto como la voz me tiembla.

—Obediencia… y sumisión.

Camino hacia el quiosco, con el corazón disparado, miro en todas las direcciones pero no logro ver a nadie. Sin embargo, noto una presencia y me siento observada. Miro al banco, a escasos metros y veo que hay algo: un pequeño sobre. Me acerco y lo cojo, mi mano tiembla mientras lo abro y encuentro una nota que dice:

«Has sido buena chica, @AylaRoja, por hoy es suficiente. Pero esto no acaba aquí. Ahora, mírame y sonríe, estás en directo».

Siento un hormigueo en la nuca. Me doy la vuelta bruscamente y entonces le veo: una silueta alta escondida entre los árboles, vestida de negro y encapuchada. Me está filmando con un móvil.

Aterrada, salgo huyendo del lugar, corro como si pudiera dejar atrás el miedo, mis errores y las últimas semanas. El pecho me arde, mis piernas parecen de trapo, están ralentizadas, como si se negaran a responderme.

Corro sin parar hasta que llego a casa. Entro como una exhalación, veo que no hay nadie, cierro con llave, subo las escaleras a la carrera y me desplomo llorando sobre mi cama.

No he visto su rostro, ni he oído su verdadera voz, la que escuché no era la suya, pero sé que Lobo estuvo allí, muy cerca. Y estoy segura de que si no me ha alcanzado, es porque no ha querido, aún no. Y ahora, lo sé, la caza de la cual hablaba ha comenzado.

Parte 3

Caza

No fui yo, sino el lobo que llevo dentro, el que echó a correr calle abajo espantado y se perdió en la oscuridad

Pedro Mañas (Un lobo dentro)

Capítulo 10

Conociendo a Xavi

Cuando Martina mira cómo sus padres se van de casa, alegando que van al hospital, a visitar a su tío que ha tenido un accidente, no sabe que van a reunirse con el subinspector Gálvez que, junto a su compañera vigila la casa en un vehículo policial de paisano. Los padres doblan la esquina, y ven que Gálvez les espera dentro de un coche junto a una policía. Ambos van de paisano y llevan a Lisa, una perrita jubilada de la policía.

—¿Sospecha algo? —pregunta el subinspector, después de saludarles.

—No creo, hemos dicho que íbamos al hospital a ver a un familiar que ha tenido un accidente.

—Bien, váyanse y no se preocupen, estaremos pendientes de ella.

Gálvez y su compañera con la perrita, siguen a Martina. Observan cómo entra en el parque y se dirige al estanque que está cerrado al público. Se agacha y pasa por debajo de la cinta que prohíbe el paso a la zona.

Tiene miedo, se le nota, no para de mirar alrededor, asustada, para comprobar que nadie la sigue. De pronto suena su móvil y contesta, incluso alza la voz. Se dirige hacia el quiosco, recoge un sobre en el banco y lo abre; justo después, mira hacia los árboles, luego, echa a correr. Desde su posición, los agentes ven cómo una figura encapuchada la sigue. Gálvez intenta interceptarlo, pero Lobo se escabulle entre la vegetación del parque, antes de que puedan detenerlo.

Lo importante es que Martina esté a salvo. Confundida, asustada, desbordada… pero a salvo. Y ahora saben que no es solo paranoia. El lobo existe y ha dejado huellas.

Martina llega a casa con el corazón aún desbocado. No sabe cómo ha logrado escapar, cómo ha corrido tanto, cómo sus piernas no se han doblado bajo la presión del miedo. Sube directa a su cuarto, ni siquiera enciende la luz, se echa encima de la cama llorando. Luego se sienta en el borde de la cama y abraza sus rodillas. En su mente, las imágenes de la figura encapuchada de Lobo se repiten en bucle.

Enciende el ordenador, abre Instagram. Las notificaciones se amontonan, pero solo una le interesa. Busca su última conversación con @HopeLight.

@HopeLight:

| Hola, Ayla. ¿Estás bien? Me he quedado preocupado desde la última vez. Si necesitas hablar, aquí estoy.

Martina duda. El mensaje es de hace unas horas, pero su tono desprende calidez, justo lo que necesita ahora. Respira hondo. Teclea.

@AylaRoja:

| He pasado uno de los peores momentos de mi vida. No sé si debería contártelo, pero… alguien me

está acosando, me está haciendo daño. No sé quién es ni porque va detrás de mí.

Espera. En su habitación solo se oye el sonido de su respiración aún agitada.

@HopeLight:

| Eso suena grave. ¿Te ha hecho daño? ¿Estás en tu casa? Espero que sí. Si quieres, podemos vernos mañana, tomar algo, a veces hablar con alguien ayuda.

Martina traga saliva. ¿Ver a alguien que aún no conoce? ¿Se lo está pidiendo precisamente hoy? Va a ser que no. Una voz en su interior protesta, le dice que @HopeLight la ha acompañado desde el principio, siempre con palabras amables, a veces, incluso mejores que las de Xavi, y que no tiene por qué dudar de él, que es de fiar.

@AylaRoja:

| No sé, tal vez, deja que lo piense. Tengo miedo y no confío en nadie ya, no te lo tomes a mal, no es nada personal. Pero gracias, de todos modos. Gracias por estar.

Deja el ordenador y se levanta, dando vueltas por la habitación, mordiéndose el pulgar. Luego lo toma de nuevo y busca otro chat, el de Xavi. Teclea con lentitud.

@SimplyMartina:

| Hola, Xavi, ¿estás aquí? ¿Qué tal?

Pasan tres minutos.

@XaviFreeSoul

| Sí, estoy aquí. Todo bien. ¿Y tú?

Ella cierra los ojos, a punto de llorar. Cuando los abre, vuelve a escribir.

@SimplyMartina:

| Regular, he tenido días mejores. Necesito contarte algo pero no sé por dónde empezar. Últimamente siento que estoy perdiendo el control de todo.

@XaviFreeSoul

| Estoy aquí para lo que necesites, ya sabes…

Pausa. Luego añade, casi sin pensar:

@SimplyMartina:

> ¿Podemos vernos mañana?

@XaviFreeSoul

> Claro. ya habíamos quedado, ¿recuerdas? Nos vemos en *Les gens que j'aime* a las 17:00, ¿o quieres antes?

@SimplyMartina:

> No, mañana a las 17:00 está bien. Vale. Hasta mañana entonces.

Deja el ordenador en la cama y cierra los ojos. Afuera, la oscuridad envuelve la ciudad en su manto de silencio, pero en su interior, todo está en llamas.

* * *

Al día siguiente, Martina llega tarde a la cita. Acude después del instituto, sin pasar por casa. Por la mañana, le ha costado trabajo escapar de sus padres, de sus preguntas y de sus caras preocupadas, hasta se ha ofrecido su padre para llevarla al instituto, pero se ha negado. Tanto interés le provoca rechazo y también recelo. ¿Qué les está pasando?

Va dando vueltas por el barrio durante una hora entera para intentar calmarse. Su cuerpo aún tiembla, no sabe si es por el miedo o la rabia. Siente como si sus piernas fueran de papel y no la sostuvieran. No puede dejar de mirar para ver si la siguen, como si mil ojos la acecharan, y está a punto de volverse loca. Necesita hablar con Xavi, por lo menos a él lo conoce, y tal vez podrá contarle la verdad y dejar de fingir.

Les gens que j'aime es una pequeña cafetería regentada por una pareja de franceses, y tiene un aire encantador, romántico, que recuerda a los cafés de Montmartre. Cuando entra, la acoge una música suave de Edith Piaf, y ve que Xavi la está esperando sentado en una mesa del fondo. Cuando la ve entrar, se levanta y se acerca.

—Por fin nos conocemos, Martina, es guay verse cara a cara, pero … ¿te encuentras bien? Estás pálida. ¿Te ha pasado algo?

Ella no responde, solo se sienta a su lado, mirando alrededor, mientras traga saliva. Todo parece tranquilo. Tiene la garganta seca y los ojos húmedos, a punto de llorar.

—Hola, Xavi… no, no me encuentro bien.

—¿Qué te ocurre?

—Tengo miedo… ¿alguna vez has sentido que el miedo te come por dentro?

Él no dice nada, solo espera y murmura:

—Cuéntamelo, ¿qué te sucede?

—Hay alguien… —comienza a decir Martina, temblorosa— alguien que me sigue. Me manda mensajes, me amenaza en redes, me espía. No sé quién es ni dónde está, a veces pienso que está en el instituto, otras, que está en mi casa. Me tiene…atrapada.

—No fastidies. ¿Qué quiere de ti ese tío?

—Obediencia y sumisión…eso me ha dicho, me chantajea.

—¿Con qué?

—Con una foto y un vídeo…

Xavi frunce el ceño.

—¿De qué foto hablas? ¿De qué video?

Ella duda primero, hasta que, con un hilo de voz, confiesa:

—Me grabó. No sé cómo lo consiguió. . A través del ordenador, creo, me hizo un video cuando estaba desnuda —se tapa la cara con las manos—. Dice que si no obedezco, lo subirá a las redes.

Silencio. Xavi siente que le falta el aire. Querría abrazarla, gritar, romper algo. Pero lo único que hace es sentarse más cerca.

Martina repite muy despacio:

—No sé cómo lo ha hecho, pero ha sacado fotos mías y el vídeo desde mi propia webcam.

Xavi la mira sin parpadear, no da crédito. Mientras le cuenta todo, siente un nudo formarse en el estómago. Recuerda los días en que Martina apenas hablaba, cómo poco a poco ha ganado confianza. Y ahora la ve rota otra vez, como al principio. No, peor.

—Hoy… —Se le quiebra la voz—. Hoy casi me atrapa.

—¿Cómo ha sido? —pregunta Xavi —. ¿Qué ha ocurrido?

—Me amenazó con publicar el vídeo si no quedaba con él, y no me ha quedado más remedio que acudir.

—¿Has hablado con tus padres? ¿Con alguien? Deberías haberlo denunciado a la policía.

Martina niega con la cabeza, los ojos clavados en el suelo.

—Creo que mis padres sospechan algo, han intentado hablar conmigo pero no he podido contarles nada o mejor dicho, no he querido. Me da vergüenza y miedo también de que Lobo lo publique …

—No estás sola, Martina. Escúchame: no estás sola. Y esto no es culpa tuya.

Ella rompe a llorar de repente. Sin escándalo, sin palabras. Llora los días de tensión, el miedo, la soledad y el arrepentimiento, llora de impotencia al saberse atrapada, enredada.

Cuando se calma un poco, Xavi le tiende un pañuelo.

—¿Qué vas a hacer ahora? —pregunta.

—No lo sé. Me gustaría desaparecer, que nadie me pudiera ver. No quiero volver al instituto ni a mi casa, pero al mismo tiempo… quiero que se acabe, y que pague.

Xavi la miró con preocupación y le dice:

—¿Me dejas ayudarte?

Martina asiente y por primera vez en mucho tiempo, no se siente completamente sola.

* * *

XAVI

Llevaba mucho tiempo soñando con quedar con Martina, tener por fin la ocasión de conocerla en persona, fuera del Rincón Seguro, y tener una cita de verdad. Pero jamás habría imaginado que iba a ocurrir esto. Aún estoy impactado, perplejo por lo que me acaba de revelar. No sé qué hacer, ni cómo hacerlo.

Las palabras de Martina dan vueltas en mi cabeza como un eco imposible de apagar: «Me manda mensajes, me amenaza en redes, me espía. No sé quién es ni dónde está, a veces pienso que está en el instituto, otras, que está en mi casa. Me tiene... atrapada».

Me he quedado paralizado cuando la escuché. No es que me sorprendiera, creo que una parte de mí ya lo intuía desde hacía días. Martina no era la misma, se había transformado en @AylaRoja, su humor ácido, su ironía punzante, su fuego... estaban teñidos de algo más oscuro. Y había miedo en sus ojos, una especie de temblor bajo la superficie, pero no lo quise ver, o no supe cómo hacerlo.

Ahora que lo sé, lo entiendo todo. Me lo ha dicho con la voz apenas audible, los ojos llenos de lágrimas, las manos crispadas sobre la taza de tila que ni siquiera ha probado. Y yo no he sabido qué hacer. ¿Qué se supone que tienes que hacer cuando alguien te dice que la están acosando?

Odio esta situación y me odio a mí mismo más aún. Por no haber preguntado, por no haberme acercado, por no haber entendido antes. Y sobre todo, por sentir que no puedo protegerla de algo que no comprendo.

No me ha contado los detalles, solo lo suficiente para que comprenda su terror. Que un desconocido la vigila, que le manda mensajes desde perfiles falsos. Que parece saber cosas que nadie debe saber. Ella teme que sea alguien del instituto, pero no está segura, sospecha de todos. Cuando me lo dijo, miró alrededor como si hasta los muros pudieran oírla.

Siento rabia, miedo también, y esta punzada que llega cuando alguien te da su confianza cuando ya es demasiado tarde, justo cuando está al borde del abismo. Y tú sientes que no puedes fallar.

Pienso en sus manos tensas, en su voz rota, en cómo intentó no llorar y le temblaron los labios al decir: «no puedo más con esto». Su mirada, por un instante volvió a ser la de la chica que conocí al principio, antes de @AylaRoja, antes de la distancia, antes de las máscaras.

No estás sola, solo he sido capaz de decirle esto, y también le pedí que me dejara ayudarla. Y lo decía en serio, aunque no supiera cómo, y aunque eso significaba meterme en la boca del lobo, literalmente.

Voy a hacerlo, pase lo que pase. Porque ahora he comprendido que esto no es solo un *troll*, es algo mucho más grave.

Es una caza, sí. Y ella es la presa.

* * *

Lobo

Caperucita, debo admitir que, a pesar de lo intensa y emocionante que ha sido nuestra cita, me ha sabido a poco. Se acerca el momento de atraparte, pero lo estoy retrasando. Quiero saborear mejor la espera, hacerla durar, disfrutar todos y cada uno de los segundos que me acercan a ti.

¡Qué ingenua has sido! Te creíste a salvo, ¿verdad? Fue tan fácil sentirte fuerte en el anonimato, escondiéndote detrás de una pantalla, te pareció buena idea inventarte un nombre nuevo. Escogiste el de @AylaRoja, escribiste frases valientes y desafiantes, quisiste convertirte en una mujer fuerte y poderosa. ¡Qué patética y qué predecible!

Cada palabra que escribiste, cada fotografía, cada gesto torpe frente al espejo… yo lo vi todo. Tú me entregaste las llaves de tu intimidad. No irrumpí en tu vida, yo solo entré por la puerta que dejaste abierta.

Mientras tú intentabas ser alguien, yo descubría a la verdadera Martina, la que odia su cuerpo, la que llora en su cama, la que se encoge cuando se ríen de ella, la que se compara, se odia, se rompe. Yo te desnudé poco a poco, y ahora, te conozco mejor que tú misma, y eso me da derechos y poder.

No te confundas: esto no es venganza. Esto es justicia. Tú entraste en un territorio ajeno, salvaje y peligroso, en el bosque, y no es un lugar para niñas buenas, nunca lo fue. Este bosque tiene reglas y yo soy el que las dicta. Y hoy decido que ya no hay rastreo, que se acabó el acecho, y que la caza ha comenzado.

Tu eres mía. Siento tu pulso cada vez que enciendes el móvil, huelo tu sudor cuando mientes y soy capaz de percibir el temblor en tus dedos cuando borras un mensaje.

Tus padres no pueden protegerte, tus amigos no pueden encontrarte, porque no saben dónde estás. Ni siquiera tú lo sabes.

Porque yo te he llevado allí, paso a paso, susurro a susurro, confidencia a confidencia, *like* a *like*. ¿Recuerdas cuando empezaste a confiar en mí? ¿Cuándo me diste las gracias? ¡Qué tierna eras entonces!

Pero ya no habrá palabras bonitas, ahora se espesa la niebla y estás en el bosque, Caperucita. Hay fango bajo tus pies y ramas que crujen donde pisas, delatando tu presencia, ojos que te acechan y esperan el momento justo. Los míos.

El que te observo, soy yo, siempre yo, soy el lobo que te va a devorar. Y esta vez, Martina, no podrás esconderte, no habrá final feliz. Es hora de que comprendas que la vida no es un cuento.

Capítulo 11

En el corazón del bosque

La ciudad parece más callada que de costumbre cuando Martina sale del café. El cielo encapotado tiene un color gris plomizo y las luces del tráfico se reflejan en los charcos. Xavi ha insistido en acompañarla pero Martina no ha querido, alegando que no se puede vivir con el miedo, aunque por dentro está temblando, Ahora camina deprisa, como si las palabras que acaba de pronunciar ante Xavi le dieran fuerza y la empujaran con una mezcla de vértigo y alivio.

Por primera vez, ha hablado en voz alta de lo que ocurre, ha confesado que tiene miedo. Que alguien la vigila, que algo maléfico se arrastra en la oscuridad y se apodera de sus días y sus noches como un animal paciente.

Sus manos están tensas dentro de los bolsillos. La conversación ha sido una especie de exorcismo, sí, pero también ha abierto una grieta en su coraza. Se pregunta fugazmente si, ahora que lo sabe alguien más, es más vulnerable.

Cruza la avenida y se gira para mirar atrás, casi sin querer. El cruce está desierto, no nota nada extraño, nadie que la siga, ningún paso más resuena en la acera. Pero el miedo no necesita pruebas para seguir palpitando en su interior.

Al llegar, encuentra la casa en penumbra, y sus padres le preguntan cómo está y cómo ha ido. Les contesta de prisa, más por quitárselos de encima que por comunicarse con ellos. Sabe que no es justo, pero no lo puede evitar. Sube a su cuarto y cierra la puerta. No enciende la luz. Se sienta en la cama, saca el móvil y lo desbloquea con torpeza. Tiene dos notificaciones nuevas de una cuenta que teme:

@LoboEstepario.

| Bonita charla, Ayla. ¿Le dijiste a Xavi que te vas a rendir o que vas a luchar?

Y debajo, otra, acaba de aparecer:

| Estás empezando a hablar, cuidado con las consecuencias.

Siente algo retorcerse en su interior. ¿Cómo lo sabe? ¿La ha visto? ¿La está siguiendo? ¿Ha estado allí, en el café, observándolos? ¿Había cámaras? ¿Micrófonos?

Una idea loca cruza su mente.

¿Xavi…? No. No puede ser Xavi. Se está volviendo loca y tira el móvil sobre la cama con fuerza. Pero enseguida lo recoge, presa de un impulso contradictorio. Si él sabe, si él la observa, no puede mostrarse débil. No puede ignorarlo.

Durante unos segundos, piensa, mientras intenta calmar su respiración, rápida y entrecortada, como si acabara de correr una carrera invisible. Le duele la cabeza, siente una presión insoportable detrás de los ojos, como si su cabeza fuera a estallar.

Se acerca al escritorio, y su reflejo en la pantalla apagada del portátil le devuelve una imagen desdibujada. La chica que ha salido por la mañana no es la misma que la que acaba de volver.

Piensa en hablar con Xavi de nuevo. Decirle más, contarle todo. Pero… ¿cómo explicar la vergüenza, la sensación de estar atrapada en una situación que no ha elegido pero que, sin embargo, ha provocado? Abre el bloc de notas del móvil. Empieza a escribir sin pensar:

A veces pienso que todo esto es un castigo y que me lo merezco. Que si no hubiera cambiado, si no hubiera querido ser otra... nada de esto estaría pasando. Pero no quiero volver a esconderme. Solo que no sé cómo seguir sin que me rompa por dentro.

No envía el mensaje a nadie, solo lo guarda. Entonces, entra una nueva notificación:

@GirlOnFire:

| ¿Sabes? No eres tan especial como crees, estás sola y nadie va a salvarte.

Martina se levanta de golpe, deja el móvil sobre la mesa. Nota cómo algo se rompe dentro de ella, un cansancio hondo, como un pozo sin fondo se apodera de ella. Pero también surge una chispa. El recuerdo de Xavi diciéndole: «No estás sola, Martina».

Se acerca al espejo y se obliga a mirarse. Piensa en la niña callada que ha sido, en la que ha intentado ser a través de @AylaRoja, en su yo verdadero que nunca se ha atrevido a mostrar. Y sabe que no va a rendirse, pero también adivina que el precio a pagar por ser valiente será alto.

Se acuerda de Hope y piensa que necesita hablar con él pero no sabe cómo empezar. Tiene el móvil en la mano, los ojos clavados en la pantalla como si esta pudiera responder por ella. Al fin escribe:

@AylaRoja:

| Hola, Hope, … ¿Estás por aquí?

@HopeLight responde casi al instante, como siempre.

@HopeLight:

| Para ti siempre estoy. ¿Estás bien?

Martina duda. Luego escribe:

@AylaRoja:

| No. No estoy bien. Hay alguien que me está haciendo daño. Me escribe cosas horribles, me espía… me chantajea.

La respuesta tarda más de lo habitual. Martina mira la pantalla hasta que finalmente llega:

@HopeLight:

| ¿Quién es ? ¿El tipo que mencionaste? ¿Qué te ha hecho exactamente?

Martina le explica, por encima, que ha recibido amenazas, que le han mandado una foto suya, robada desde su portátil y un video grabado con su propia webcam. Le confiesa que desde entonces, tiene miedo.

@HopeLight:

| Eso es gravísimo. Tienes que hablar con alguien. ¿Se lo has contado a tus padres?

@AylaRoja:

| No puedo. No quiero que se metan más. Ya bastante tengo. Solo te lo cuento a ti.

@HopeLight:

| ¿Y a ese chico, Xavi? ¿Se lo has contado? ¿Confías en él?

Martina dudó.

@AylaRoja:

| No sé si confío del todo, creo que sí. Pero a veces siento que no lo entendería.

@HopeLight:

| Yo sí que te entiendo. Y te vuelvo a decir que si quieres, podemos vernos. Solo para hablar. En un sitio seguro. Cuando tú quieras.

Martina no responde de inmediato. Siente un nudo en el estómago. ¿@HopeLight es alguien real y puede ayudarla? ¿Y si no? La idea de que incluso Hope pudiera ser Lobo cruza su mente como un rayo helado.

@AylaRoja

| Gracias por estar, Hope, ya te diré algo.

***

Mientras tanto, Xavi revisa en su ordenador su historial de conversaciones con Martina y su cuenta de @AylaRoja. Ya tiene seiscientos seguidores, y uno de los más activos es un tal @HopeLight. Algo no le cuadra. Siempre aparece cuando Martina está más vulnerable. Y comenta lo justo para mantenerla enganchada, para quedarse en su círculo de confianza sin hacer mucho ruido. Esto es en público, pero ¿qué no le dirá en privado?

Entra en su perfil. No hay más que frases motivacionales y comentarios a chicas como @AylaRoja. Parece uno de esos bots de autoayuda... pero demasiado personalizado. Demasiado humano. Demasiado presente.

Xavi abre una pestaña nueva. Comienza a buscar información sobre su actividad, revisa el código fuente del perfil y se fija en los horarios: casi siempre escribe entre las 00:00 y las 03:00. Como Lobo.

Hay también algunos *haters*, nada fuera de lo común a parte tal vez de una tal @GirlOnFire que parece muy vehemente, como si tuviera algo personal contra Martina.

Se siente cansado, incluso asqueado de todo lo que se ha enterado hoy, pero se ha comprometido en ayudar a Martina y lo hará. Piensa en que al día siguiente, investigará con detenimiento estos perfiles. Sabe que no lo tendría que dejar, pero necesita coger algo de distancia porque está agotado y no puede más.

* * *

Después de hablar con Hope, Martina vuelve a mirar el chat de @AlexanderGold. El perfil que ha construido con tanto cuidado. Nombre extranjero, fotos de un chico con ojos suaves y sonrisa encantadora, sacadas de un blog francés sobre moda urbana. Ha elegido cada palabra con precisión. Cada cumplido, cada silencio, cada frase ambigua. Y Lía ha caído en la trampa, como un insecto en una planta carnívora.

Pero ahora… todo le resulta repulsivo. El teclado le arde bajo los dedos. Abre la configuración del perfil. Mira la pantalla unos segundos y duda. ¿Seguro que quieres eliminar tu cuenta? Pulsa «sí». Luego una segunda confirmación. «Sí, estoy seguro». La pantalla se queda en blanco. El usuario ya no existe. Respira, entre el alivio y la náusea.

Entonces, le entra una notificación de Lobo.

@LogoEstepario

| Hay máscaras que nos sirven mejor que otras. Una pena haber tirado esa tan bien construida, sobre

todo porque lo has hecho tarde. ¿Y si alguien más sabe ahora lo que escondías?

Martina se queda paralizada.

* * *

LÍA

Lía repasa las fotos antiguas que compartió con Alexander. El perfil ha desaparecido, justo cuando empezaba a resultar raro. De repente, todo le parece sospechoso y se asusta. Decide buscar la imagen de perfil en Google Reverse. Le localiza en apenas dos minutos. El chico no existe. Alexander Gold es un *fake*, en realidad, es un modelo francés. Siente rabia. Vergüenza. ¿Quién ha jugado así con ella?

Entonces, un mensaje llega a su bandeja de entrada de Instagram desde una cuenta desconocida.

> Quizá te interese saber quién era Alexander.

Adjunta una imagen borrosa de Martina, una captura de pantalla de @AylaRoja, otra de @SimplyMartina, y el mensaje inicial que le mandó

Alexander, algo que solo alguien con acceso a su perfil podría conocer.

Luego concluye:

| La loba está más cerca de lo que crees. Incluso puede que se esté en tu misma clase.

* * *

Martina apenas ha dormido. Desde que ha eliminado el perfil de Alexander Gold, un peso le oprime el pecho, pero también un miedo creciente. Sabe que el castillo de mentiras que ha construido se tambalea y que no tardará en venirse abajo.

Cuando llega al instituto, todo parece más silencioso de lo normal, pero no es el silencio del respeto, sino ese otro, denso y atronador, de los que suele preceder a los linchamientos.

Martina va al baño antes de entrar en clase. Se echa agua fresca en la cara y mira su reflejo: pálido, con ojeras y rostro cansado. Sale y se encuentra de frente a Lía, apoyada contra la pared.

La mira con desprecio, y con ojos duros, despiadados. Hay frialdad en su rostro y también odio.

—Hola… «Alexander».

Martina se queda en blanco. Siente cómo se le corta la respiración.

—Lía… yo… lo siento. No era mi intención…

—¿Que no era tu intención? ¿En serio? ¿No pretendías humillarme? ¿Manipularme como a una cualquiera?

La voz de Lía no es alta, pero sí cortante, y hace daño porque dice la verdad.

—Te odiaba porque… —balbuceó Martina— me ignorabas, te burlabas de mí, y un día me miraste como si no existiera. Quise devolverte esa mirada.

—¿Así que la solución fue pedirme fotos íntimas?

—Yo no te pedí nada, fuiste tú la que me las mandaste…

—Y dijiste que te sabía a poco, era una forma de pedirme más. ¿No te das asco a ti misma? ¿Cómo has sido capaz de algo así?

Un silencio. El pasillo está vacío, pero todo parece moverse a cámara lenta.

—Lo lamento mucho, nunca debí ir tan lejos, me equivoqué. Me convertí en algo que detesto.

Lía la observa. Su rabia parece vibrar, pero no grita. Se aleja un paso.

—No sé qué haré, Martina. Pero quiero que sepas una cosa…

La mira a los ojos y le suelta:

—Pretendes ser una víctima pero te has convertido en un monstruo, en una acosadora. Así que no te engañes, no eres inocente, ni especial. Y lo que hiciste… tendrá consecuencias.

Se va. Martina se queda ahí, de pie, como si acabara de cruzar un campo de minas y no supiera aún si ha sobrevivido. No sabe que el juego de Lobo solo acaba de empezar.

La noticia estalla a media mañana.

Alguien ha publicado en un foro del instituto, capturas de pantalla de conversaciones entre Alexander Gold y Lía. Textos, frases, emojis sugerentes, y al final… la revelación: Alexander Gold no existe, nunca existió, es Martina.

En minutos, los pasillos se llenan de murmullos, chicos que miran sus móviles, ojos que evitan los suyos. Lía aparece en el vestíbulo con la cara desencajada, seguida por dos amigas que intentaban calmarla. Grita su nombre. La busca. La encuentra.

—¡Eres una enferma! —le grita histérica frente a todos—. ¿Quién hace algo así? ¿Qué clase de mierda llevas dentro?

Martina no puede responder. Las palabras se agolpan en su garganta, pero ninguna sale. Solo atina a bajar la cabeza.

—¿Te parece justo? ¿Te crees que por ser la rara o la marginada, puedes arrastrar a quien te da la gana? ¡Me manipulaste! ¡Me hiciste confiar en alguien que no existía!

El silencio en el vestíbulo es absoluto. Solo se oye la respiración entrecortada de Lía. Mientras grita, algunos graban.

—No sabía cómo… —musita Martina al fin—. Me heriste y no sabía cómo defenderme.

—¿Y por eso decidiste convertirte en una loba?

Loba, la palabra hace estallar algo en su mente y de repente lo entiende todo. Todo es obra de Lobo.

La misma tarde, mientras el eco de la confrontación aún vibra por los pasillos, Lobo asesta su golpe final, su particular estocada. Y lo hace desde una cuenta cuyo nombre cobra un sentido especial para Martina: @HuntIsOver, lo que significa: la caza ha terminado.

En el mismo momento en el que Martina entra en clase, y antes incluso de mirar el móvil, sabe que ha ocurrido algo. Basta una mirada de reojo, una carcajada entre dientes, un par de chicas que se le quedan mirando con cara de asco, como si llevara algo sucio pegado al cuerpo. Y de hecho lo lleva, aunque no sea visible.

@HuntIsOver ha publicado un montaje donde se ve a Martina en una actitud comprometida. No es real, pero está tan bien editado que solo alguien que la conociera sabría que es falso. Martina lo ve publicado en un grupo de Telegram donde alguna vez participó, pero también en el chat de su clase, en Instagram, y en todas partes…

Alguien la había compartido añadiendo:

«Cuando te dedicas a vender tu dignidad por *likes*. #SimplyMartina #CaperucitaExpuesta».

La foto está circulando en todas partes, muestra su cuarto, su cuerpo desnudo, su cara, su miedo. Abre el móvil temblando. No tenía que haber mirado, pero miró. Y allí está ella, expuesta, difundida, con capturas de pantalla, mensajes, *stickers* obscenos, comentarios crueles.

Un pinchazo terrible en el pecho le hace retorcerse, y no es ansiedad. Es terror puro, por verse fotografiada desnuda, en la intimidad de su habitación. Se ha captado su cuerpo desde la webcam de su portátil. La fotografía apenas dura quince minutos antes de ser eliminada por la plataforma, pero es suficiente. El daño está hecho.

Siente que se está mareando y se encierra en el baño. Ya es tarde para hacer algo, ya no tiene control sobre su imagen, ni sobre lo que la gente cree de ella, ni sobre su vida. Aterrada, llama a Xavi. Su voz al otro lado suena grave.

—Acabo de ver lo que han colgado —dice él—. Martina, vamos a ir a la policía, ellos conseguirán pararlo.

—Mis padres ya lo han hecho, Xavi, pero estoy desesperada —contesta ella, ahogando un sollozo.

—Van a dar con este tipo, Martina, si lo han denunciado, confía en ellos, le van a pillar.

Por primera vez, la voz de Xavi suena como un refugio. Como alguien que, tal vez, sí podría ayudarla a salir de esa madriguera. Antes de poder cerrar el móvil, encuentra un nuevo mensaje de Lobo.

@LoboEstepario

| 19:00, detrás del instituto. Ven sola.

Sale del baño, abandona a toda prisa el instituto y se va corriendo. Mientras vuelve a casa, va llorando sin poder parar. Está temblando tanto que no sabe cómo logra llegar sin desplomarse.

En casa, sus padres la están esperando en el salón, lo saben todo.

—Martina —dice su madre con un tono entre herido y firme—. Siéntate. Tenemos que hablar.

Ella quiere huir pero no puede, las piernas no le obedecen.

—La policía nos ha llamado —dice su padre, aguantando sus lágrimas—. Y ya sabemos que alguien ha difundido imágenes tuyas... íntimas.

Silencio. Su madre se acerca y le coge la mano, con miedo de que la rechace. Martina no lo hace.

—Estábamos preocupados desde hace semanas. Te veíamos desmejorada, con miedo. No decías nada. Llamamos a la policía hace días, les pedimos que te vigilaran, que te protegieran. Temíamos que alguien te estuviera haciendo daño —continuó su madre—. No sabíamos hasta qué punto...

Martina no puede aguantar más y rompe a llorar como no ha llorado en mucho tiempo. Como una niña pequeña a la que, por fin, alguien cree.

—No es culpa tuya, hija —dijo su padre—. Lo entiendes, ¿verdad? Lo que ha hecho esta persona es un delito.

—Pensé que si os lo contaba... me ibais a mirar peor —susurra Martina—. Pensé que era culpa mía, que yo…

—Nada justifica lo que te han hecho —la dice su madre con ternura pero con firmeza—. Ahora, vamos a hacer lo necesario para atrapar a quién te lo hizo para que esto no quede impune.

Martina los mira, agotada. Por primera vez, no se siente sola. Por primera vez, alguien le devuelve una parte de sí misma que pensaba irrecuperable.

—Tenemos que ir ahora mismo a la policía y contarlo todo.

—Mañana hablaré con ellos.

—Mañana, no —contesta su padre—, ahora mismo.

—¿No tienes nada más que contarnos? —pregunta su madre.

Martina niega con la cabeza. No habla de la cita con Lobo, porque se ha acostumbrado a ocultar la verdad, ni siquiera les mira a los ojos mientras les miente. Piensa en avisar a Xavi, como si alguien de su edad mereciera más confianza, pero en el último momento, duda. Ya no cree en nadie, ni confía en nadie, solo en sus padres, y no del todo. Decide que es mejor callar.

—Sabemos que te ha citado Lobo esta tarde, detrás del Instituto —suelta su padre de repente.

Martina se sobresalta, se sonroja y no comprende.

—Me preocupa que nos sigas mintiendo cuando estamos intentando ayudarte —dice su madre con expresión triste —¿No te das cuenta del peligro que corres? ¿Acaso no has entendido nada? ¿No has tenido bastante?

—La policía tiene la autorización judicial para revisar tus cuentas y tus dispositivos y está al corriente de todo. Ahora mismo, vamos a llevarles tu ordenador.

—El ordenador, no, por favor…

—No hay nada que hablar —contesta su padre con firmeza—, nos vamos.

Poco después se dirigen a la comisaría y entregan al subinspector Gálvez el ordenador y el móvil. Deciden dejarle el móvil, lo necesitará para ir a la cita pero antes de devolvérselo, lo clonan.

Le dicen que siga con su rutina, acuda a la cita y actúe con normalidad. Pero que no estará sola, que agentes de paisano estarán cerca para protegerla y detener a Lobo.

Cuando llega la hora, se dirige resignada hacia el instituto, para acudir a la cita. Lleva el móvil en el bolsillo del abrigo. Al cruzar el parque, ve el edificio más lejos, solo tiene que cruzar un claro que se abre ante ella como una herida. Todo está en silencio y se siente vulnerable mientras se acerca, sin lugar donde refugiarse, pero le reconforta la idea de que no está sola. Aunque no los ve, hay agentes de la policía que velan por su seguridad. Intenta concentrarse en esta idea y calmarse, se da cuenta de que está temblando, no sabe si de frío o de miedo, no está segura.

Da la vuelta al edificio y llega a la esplanada detrás del instituto, está desierta. Sospecha que alguien la observa, esta sensación se ha vuelto habitual. Empieza a mirar en derredor hasta que lo ve, a escasa distancia, una silueta entre los árboles. No puede distinguir su rostro, lleva una sudadera con capucha y algo cubriendo la parte inferior de la cara. Tiene que ser él…

De pronto el individuo le habla, sin moverse del sitio, pero debe tener algo en la boca porque su voz suena distorsionada.

—Sabía que vendrías, eres mía. Lo sabes, ¿verdad?

Martina da un paso atrás.

—No tengo miedo de ti.

—Claro que lo tienes. Y eso es lo que más disfruto —responde él, acercándose hasta quedarse a solo tres metros.

Martina no ve su cara, lleva una careta de *anonymous* que le resulta espeluznante.

—Sé cómo respiras, y cuándo estás sola. Puedo verte mientras duermes. ¿Quieres que todos vean tu numerito, contoneándote desnuda?

Saca algo del bolsillo, un teléfono, y se lo enseña. Martina reconoce su cuerpo en la pantalla, el video grabado con su webcam en el que anda desnuda, contoneándose.

—Bórralo. Por favor. Te lo suplico.

—Solo si haces lo que te pido. Esta noche… y todas las que vengan.

En ese momento, una rama cruje a la derecha y un hombre sale de entre los árboles. Luego otro. Suenan voces.

—¡Alto! ¡Policía!

Lobo da un respingo y escapa corriendo entre los arbustos. Uno de los agentes le sigue mientras otro corre hacia Martina.

—¿Estás bien, Martina?

Ella ya no es capaz de responder. Atónita, mira el claro, la sombra que desaparece, sintiendo que todo a su alrededor da vueltas. Hasta que cae, de rodillas.

***

Martina

Después de lo ocurrido, hemos ido directamente a la comisaría; mis padres están asustados y muy enfadados y así se lo dice mi padre al subinspector Gálvez.

—¿Cómo es posible que no lo hayan detenido, que se os haya escapado por segunda vez?

Gálvez suspira.

—Créame, los primeros en lamentarlo somos nosotros, cómo puede imaginar. La verdad, es que nos falta personal. Por eso no hemos podido montar el dispositivo con el número de efectivos necesario.

—No me convencen sus explicaciones, la verdad, suenan a excusas —contesta mi madre que parece exasperada.

—Pues le aseguro que no lo son, señora, nos falta personal es lo de siempre. Pero le garantizo que estamos a punto de encontrar a este tipo, lo vamos a detener en breve.

—Eso espero —contesta mi padre.

Mientras les escucho, estoy sentada en un despacho, me han traído una tila que se está enfriando. No puedo beberla, las manos aún me tiemblan. No he visto el rostro de Lobo, por lo que no he podido identificarle.

El agente que me toma declaración me dice, que están estudiando mi actividad en redes, y que están pendientes de cualquier mensaje que reciba. Me insiste en que no cambie mi rutina, que siga contestando a Lobo, para que se crea impune, que no comente a nadie que lo he denunciado, aunque Lobo sabe que la policía está tras su pista. Luego mis padres entran, me abrazan sin palabras y me llevan a casa.

A la noche, ya en mi cuarto, miro el móvil. Una notificación nueva. Un mensaje de @LoboEstepario:

| Zorra traidora, te crees muy lista tendiéndome una trampa. Hablaste con la policía, en serio, Martina,

eres más tonta de lo que pensaba. No sabes lo que has hecho, te vas a enterar muy pronto.

El mensaje de Lobo sigue, claro y cruel:

> Ahora sí que lo vas a pagar, Todos saben quién eres, pero voy a sacar más, hasta dejarte desnuda. A ver cómo te escondes después en este bosque.

Me gustaría bloquear la cuenta, pero sé que no debo, porque no ha terminado. Todavía no. La policía ha intervenido mi portátil y estudia mis redes, a partir de ahora, rastreará mis mensajes, y eso me hace sentir más tranquila.

Un rato después, el móvil vibra en la mesita, luego se detiene. Estoy sentada en el suelo, contra la pared, con las luces apagadas. Ya no puedo más, he dejado de responder a los mensajes de Xavi, ya ni abro los de @GirlOnFire, y por supuesto @HopeLight ha desaparecido.

Otra vibración me sobresalta. Me levanto y la miro. Es un mensaje con un archivo adjunto que ha llegado desde una cuenta desconocida que dice:

@LastAttack

| Ahora ya no eres solo mía, Caperucita, sino de todos.

Pulso el enlace sin pensar y se abre la publicación, es un vídeo, y yo soy la protagonista. Mi cuerpo desnudo, mi habitación, la escena donde me contoneo, me acaricio los pechos y pongo morritos…La grabación es borrosa pero se me reconoce perfectamente.

Durante unos segundos no reacciono, no puedo respirar como si mi corazón hubiera dejado de latir. Por instinto, cierro el mensaje, y la app. La vuelvo a abrir unos segundos más tarde. El mensaje, no solo sigue ahí sino que ya tiene visualizaciones, decenas de ellas, y han empezado a aparecer comentarios: emojis, risas, aplausos, insultos.

El estómago se me retuerce, y la vista se me nubla, intento cerrar la sesión, pero no lo consigo, mis manos tiemblan demasiado. Se me cae el móvil al suelo, siento que me falta el aire, que me asfixio. Busco la cuenta de @LoboEstepario, pero ya ha desaparecido. Me dejo caer en la cama, me tapo la cara con las manos, siento que mis mejillas arden de vergüenza, de rabia y de humillación. No quiero llorar pero mis lágrimas empiezan a fluir sin que las pueda detener.

Siento que mi universo se ha derrumbado, que toda mi vida y mi intimidad se han expuesto en la red y que no tengo forma de escapar.

Al día siguiente, no voy al instituto, ni siquiera intento fingir que estoy enferma. No tengo fuerzas para inventar una excusa. ¿De qué serviría después de lo que pasó? Estoy en la cama, con el móvil apagado y las persianas bajadas. No he llorado ni puedo. Es como si no sintiera nada ya, como si la vergüenza, el miedo y la rabia hubieran reemplazado todo lo demás.

Imagino cómo el incendio sigue creciendo en las redes. Mi foto, mi cuerpo, mis publicaciones, todo expuesto, son pasto del escarnio. Hay quienes me insultan abiertamente, otros que comparten la información con emojis burlones. Dudo que me manden mensajes de apoyo, pero si los hay, llegan tarde, como un vendaje puesto sobre una herida abierta demasiado tiempo, tanto que se está necrosando.

Mis padres están al corriente, han sido avisados por la policía y han estado todo el día pendientes de mí, al otro lado de la puerta, con delicadeza y hablándome con cariño. No les contesto hasta que me dicen con firmeza:

—Martina, por favor. Vamos a hablar. Ya no podemos seguir así.

No respondo, siento que el silencio es mi única defensa. Hasta que mi madre, cansada de esperar, abre la puerta con decisión. Entra la luz, una luz suave, inofensiva, pero que resulta deslumbrante en mi habitación oscura.

—No vamos a enfadarnos —me dice mamá con la voz quebrada—. Solo queremos entenderte. Ayudarte. Por favor…

Mi padre, detrás, parece más viejo de lo que recordaba. Me trae una taza con manzanilla, como si una infusión pudiera suavizar mi tragedia.

—Ha llamado la policía. Ya sabes que te tienen intervenida las cuentas y aunque han hecho retirar el vídeo, no han podido evitar que se difunda.

Hace una pausa, buscando las palabras.

—Están trabajando para atrapar el acosador, pero tendremos que volver a ir.

—¿Ahora? —murmuro con un gemido.

Mi madre niega con la cabeza.

—Me han dicho que vayamos mañana, cuando estés mejor.

Entonces, rompo a llorar. Al principio con sollozos casi silenciosos, luego más hondos. Me dejo caer en los brazos de mi madre, que no dice nada, solo me sostiene. Mi padre se sienta en el borde de la cama.

—Estamos contigo. Pase lo que pase —dice.

Durante un rato, no hay reproches. Solo mi respiración entrecortada, me siento rota por dentro y sufro por mis padres que, aunque tarde, han entendido que algo muy serio me ha estado ocurriendo frente a sus narices.

—Me siento sucia —les digo con un hilo de voz—, no quiero que nadie me vea así.

Luego añado, como intentando explicarme.

—Yo…solo... quería ser fuerte, bonita e importante.

Mi madre me acaricia el pelo.

—Ya eres todo eso, solo que no lo sabes, o no te lo crees. Pero, sobre todo, eres nuestra hija. Y no estás sola.

—Cuando me vi atrapada, preferí callar. Pensé que nadie me iba a entender. Que si hablaba, si decía algo, sería peor.

—Entiendo que pensaras eso —dice su padre, bajando la mirada—. No hemos sabido apoyarte, no como debíamos.

Empezamos a hablar y la conversación se alarga. Hablar de las amenazas, de las cuentas falsas, de Lobo, de Hope, incluso de Xavi. No nombro a Gema por temor a equivocarme, no tengo pruebas y aún estoy dudando. Tampoco hablo de Alexander Gold. No sé si mencionarlo o no. Mis padres escuchan todo con una mezcla de sorpresa, dolor y determinación.

Cuando todo está dicho, hay algo nuevo entre ellos: no es una solución, pero sí un pacto tácito de que a partir ahora van a hacer frente a lo que venga juntos, pase lo que pase.

Mientras se prepara, Martina enciende el móvil y mira los últimos mensajes de Xavi.

| Estoy aquí. Cuando quieras, hablamos.

Le cuenta en un audio lo que pasó y le dice que de momento no saldrá de casa en unos días. Él la comprende, siempre lo hace.

| Tómate tu tiempo, y no te desesperes, todo se arreglará.

También hay uno más.

@LastAttack

| El bosque es oscuro, Caperucita, y el lobo no está donde crees, pero te sigue observando. Buenas noches.

Martina apaga la pantalla. Sabe que lo peor aún no ha pasado, pero por primera vez, no siente que esté completamente sola.

Capítulo 12

Fuego amigo

Martina está en su cama, en posición fetal, con la pantalla del móvil apagada. Piensa en las palabras de Lía: «No eres inocente. Ni especial». Y le duelen, porque sabe que son ciertas.

Cierra los ojos y nota cómo el pecho le duele, no por haber llorado demasiado, sino tal vez, porque empieza a entender lo que ha hecho, y comprende que tiene su parte de culpa. Hay un silencio espeso en su interior, aunque intente disculparse y buscar excusas en su absurdo monólogo. «Solo soy una víctima de Lobo, de sus amenazas». Una voz, tal vez sea la de su conciencia le recuerda que también fue una loba, que se ensañó con Lía. Fue paciente, precisa, cruel; estaba dolida por su culpa, pero era consciente del daño que le hacía. No actuó por impulso, trazó un plan, como Lobo.

Estira el brazo. Abre el cuaderno que usa para desahogarse. Empieza a escribir con trazo torpe, pero cada palabra le quema menos que la que viene después:

He sufrido ese terror frío que se cuela por las rendijas del alma, esa sensación constante de estar siendo observada, cazada... Me convertí en lo que temía, no soy mejor que él; no lo hice por placer, pero lo hice con intención. Y eso pesa. Más que la humillación. Más que el miedo. Porque ahora sé que alguien sufrió por mi culpa, y lloró como yo he llorado por la suya.

Se pone a llorar, pero es un llanto silencioso, siente como si algo muy dentro de ella, algo muy profundo se estuviera rompiendo. Entre sollozos se dice algo en voz baja, apenas un susurro «No puedo seguir mintiéndome. Ni escudándome en mi dolor».

Luego se tumba boca arriba mirando el techo. Piensa que tal vez, si no quiere ser como Lobo, deba enfrentarse a la verdad, asumir la responsabilidad de sus actos. Y reparar. Si es que aún se puede. Y si no, aprender, para no volver a dañar a los demás. Se siente un poco mejor, por primera vez en días, siente que vuelve a ser la chica que era antes de que todo se oscureciera.

* * *

Gema

0:00. Gema está acostada pero aún no duerme. Entra una notificación.

@LoboEstepario:

| Hola, Gema, no me conoces pero tengo información sobre alguien que te interesa. Tú y yo sabemos quién es realmente la impostora. La que se esconde detrás de un perfil falso, mientras tú escondes tu rabia. ¿Quieres saber quién es en realidad la que un día llamaste tu mejor amiga? ¿La que te dejó sola? No solo es @AylaRoja, también es @AlexanderGold.

Después de una pausa, Gema recibe una captura borrosa de pantalla de una conversación entre Alexander y Lía, con una frase que delata a Martina, una frase que solo Gema reconocería como suya.

@AylaRoja

| Tú no lo sabes, pero eres como una antorcha en una cueva.

Y justo debajo, Lía responde con un emoji de corazón y una foto sugerente.

Cuando Gema ve la frase, se queda helada, porque esa expresión, «una antorcha en una cueva», era suya y de Martina. Un código íntimo, inventado en una tarde de lluvia, muchos años atrás, cuando tenían doce años. Nadie más podía saberlo. Solo Martina.

@GirlOnFire:

| ¿Quién eres?¿Cómo sabes mi nombre?

@LoboEstepario:

| No soy nadie, no importa cómo averigüé tu nombre ni importa el mensajero, solo el mensaje. ¿Quieres saber la verdad sobre tu exmejor amiga? No es solo una niña asustada, Gema. Tiene muchas máscaras.

@GirlOnFire:

| ¿A qué te refieres?

@LoboEstepario:

| A Lía, la que aparece en el mensaje anterior, es compañera de clase de Martina. Rubia, un año menos, del grupo de los populares. Martina la contactó hace meses, fingiendo ser un chico, Alexander Gold. Le mandaba mensajes románticos. Lía cayó en la trampa y le mandó fotos.

@GirlOnFire:

| ¿Cómo sabes eso?

@LoboEstepario:

| Porque lo vi. Lo guardé. Lo tengo TODO. Martina se hizo pasar por un chico durante semanas. Se ganó su confianza. Cuando tuvo lo que quería… desapareció. ¿Y sabes por qué lo hizo?

@GirlOnFire:

| No…

@LoboEstepario:

| Porque Lía la ignoró en el instituto. Pensó que se burlaba de ella y Martina quiso castigarla. Vengar su

ego herido. La atrapó, la humilló y ahora finge ser la víctima.

@GirlOnFire:

| No… no puede ser… Ella no haría algo así.

@LoboEstepario

| Tú crees que la conoces. Pero solo has visto lo que quiere mostrar. ¿Acaso no te dolió que te dejara de lado? ¿Que te mirara como si valieras menos?

Gema no contesta, intenta asimilar la información.

@LoboEstepario:

| Solo piensa en esto: ¿Hasta dónde puede llegar alguien que se cree impune? Tú la conoces mejor que nadie, ¿no?

@GirlOnFire:

| Sí.

@LoboEstepario

| Entonces ya conoces la respuesta.

* * *

MARTINA

Son las 00:12 y me escuecen los ojos, no puedo parar de llorar. La pantalla del móvil vibra con una nueva notificación:

@GirlOnFire

| Pobrecita mártir, ¡Qué pena das, *@AylaRoja!* Te disfrazas de víctima cuando eres solo una serpiente más.

Me incorporo bruscamente y se me acaban las lágrimas de golpe. El corazón me late en las sienes. ¿Qué insinúa esta?

Abro el perfil. Casi sin contenido, pero con varios mensajes dirigidos a mí, todos con tono sarcástico y cruel. Y uno en especial, que no había visto hasta ahora y que hace que se me erice la piel:

@GirlOnFire

| Las lobas también aúllan cuando se quedan solas, ¿verdad, @AylaRoja?

El móvil me tiembla en las manos. Y entonces, lo capto y se me hiela la sangre. Conozco ese tono, esta forma de pinchar. Ha hablado de lobas y esto tiene sentido, Lobo le habrá facilitado información para manipularla, pero siento que no es solo odio, hay algo… personal. Pienso en alguien que me conocía bien. Que alguna vez compartió secretos conmigo.

Y de pronto, lo sé, presiento que es Gema. ¿Puede ser ella? ¿Tanto me odia como para esto? ¿Para esconderse detrás de una máscara como la de @GirlOnFire y acosarme, hacerme sufrir?

Me siento de repente sucia, hundida, invadida desde todos los frentes, herida por el fuego amigo. Cierro el móvil de golpe, como si eso pudiera protegerme. Pero no, nadie ni nada puede protegerme y mi herida sigue sangrando.

En todo este entorno oscuro, de complots y chantajes, de acoso y manipulación, solo queda una voz amiga, aparte de la de Xavi, y es la de Hope, que siempre me apoyó desde el respeto y la amistad, sin invadir. Me tendió la mano, me ofreció encontrarnos, vernos cara a cara para hablar, pero yo no le di la oportunidad y me siento mal cuando lo recuerdo.

Digan lo que digan, no todo es malo en redes, hay perfiles y perfiles, hay gente que vale la pena aunque solo la conozcas a través de una pantalla. Hope, es el chico amable y luminoso que durante semanas ofreció palabras de consuelo sin conocerme, a @AylaRoja. Hope es una de estas personas. Aunque es tarde, las 00:30, decido escribirle.

@AylaRoja:

| Hope, ¿estás aquí? Necesito hablar contigo.

Durante un rato largo, el perfil permanece en silencio. Pero al cabo de un rato, recibo un mensaje inesperado:

@HopeLight:

| Para ti estoy siempre, preciosa. He visto lo que ha pasado. Siento que no hayas podido contar conmigo antes. ¿Estás bien? Si necesitas hablar, podemos vernos. ¿Te parece?

El mensaje no es agresivo ni invasivo. No exige, ni pregunta demasiado. Pero tiene una carga emocional que me pone incómoda. Hope siempre ha sido mi refugio virtual, una presencia amable en medio del caos. Ahora que todo se tambalea, que hasta mis secretos más oscuros amenazan con salir a la luz, esa invitación parece tanto una promesa como una trampa.

Porque he aprendido a desconfiar, a dudar, y sé que en redes, nadie es lo que aparenta ser. Tal vez me equivoque, pero puede que Hope no sea quien dice ser, y ese encuentro podría ser el más peligroso de todos.

@AylaRoja:

| Necesito hablar contigo, pero no podemos vernos ahora.

@HopeLight:

| ¿Por qué no? ¿No confías en mí?

Tengo ganas de contarle todo lo que me ha pasado, de explicarle que me vigilan y controlan mis cuentas, pero sé que no puedo, porque la policía lee todas mis conversaciones. Tampoco debo, porque están intentando ayudarme y no estaría bien.

@AylaRoja:

| Es tarde y no puedo salir, no me dejan.

@HopeLight:

Entiendo, pues ya hablaremos entonces.

Se ha ido; al que creía mi amigo no le ha interesado saber qué tenía que decirle. ¿Se ha preocupado por mi alguna vez, o solo lo ha fingido? Comprendo que ya no tengo a nadie en las redes. Solo he encontrado mentiras y engaños, falsos perfiles y amistades *fake*. Hope tampoco ha resultado ser quién dice ser, y @GirlOnFire no es una *hater* cualquiera, sino que es Gema, la que supuestamente era mi mejor amiga hasta ahora.

No puedo confiar en nadie, salvo en mis padres y en Xavi. Pero a ellos también los he traicionado, he actuado por mi cuenta sin decirles la verdad. Soy lo peor y empiezo a creer que en realidad, me merezco todo lo que me está ocurriendo.

De repente, me acuerdo del Rincón seguro y me arrepiento de haberme salido. Echo de menos los consejos de Samuel, su apoyo emocional, su amistad, y sobre todo el hecho de sentirme arropada por el grupo. Tal vez no tenía que haberme salido del grupo, tal vez debería volver…

CAPÍTULO 13

La hora de la verdad

XAVI

Después de comer, justo cuando el padre de Xavi recogía la ropa seca del tendedero del patio y la madre fregaba los platos, sonó el teléfono. Su madre descolgó y, se puso tensa al oír el tono serio del agente, que se identificó como policía nacional.

—Buenas tardes, señora Gutiérrez. ¿Es usted la madre de Xavi?

—Si. ¿Qué ocurre? ¿Mi hijo ha hecho algo? —preguntó la madre, mientras intenta secarse las manos húmedas en el delantal sin soltar el móvil.

—No, señora. Pero necesitamos hablar con él. Está relacionado con una investigación en curso sobre una red de acoso digital que involucra a menores.

—¿Una red? ¿Está usted diciendo que mi hijo…?

—No señora, su hijo no está acusado de nada. Solo queremos tomarle declaración como testigo, y como es menor, tendrán que acompañarle. Tenemos entendido que participa en un grupo llamado El Rincón Seguro, junto a una chica llamada Martina.

—Sí, claro, son amigos, creo. Pero eso es solo un grupo de apoyo, ¿no?

El agente hizo una pausa.

—Ya le daremos todos los detalles en comisaría. Queremos hacerle a su hijo unas preguntas acerca del grupo y de la persona que lo dirige.

El padre de Xavi dejó la cesta de la ropa en el suelo y se acercó.

—¿Qué ocurre? —pregunta, alarmado.

—Es la policía —contesta su mujer—, dicen que quieren hablar con Xavi, que le tenemos que acompañar a la comisaría.

—¿Cuándo quieren hablar con él? —pregunta la madre al teléfono.

—Lo antes posible. Hoy mismo si está ahora en casa, o si lo prefieren, mañana a primera hora en comisaría.

—Mejor mañana. Se lo diré, para que se mentalice, porque creo que esto le va a impactar.

—No tiene por qué tener miedo. Nuestra función es proteger a los chicos, no asustarlos. Pero esto es serio. Hay una menor que ha sufrido mucho. Y creemos que su hijo puede ayudarnos a entender cómo actúa esa persona.

—Esa persona… ¿se sabe ya quién es? —preguntó el padre.

—Eso todavía está en investigación. Les espero mañana a las nueve.

Cuando colgaron, los dos padres se miraron. El silencio pesaba. La madre se sentó sin decir palabra. El padre se acercó a la habitación de su hijo, que seguía en su cuarto, con los auriculares puestos. Llamó con suavidad a la puerta:

—Xavi… tenemos que hablar.

* * *

Martina

El sonido de la cafetera es lo único que interrumpe el silencio esta mañana. Martina se sienta en una silla de la cocina, con una mantita sobre los hombros. No ha dormido. Tiene los ojos hinchados, el cuerpo helado. Sus padres la observan impotentes, con una mezcla de ternura y aflicción. Martina los observa por el rabillo del ojo y de repente, le parecen mayores, como si la angustia los hubiera envejecido de golpe.

—Martina —dice su madre, sentándose a su lado con un tazón de café—, ahora tenemos que ir a la comisaría. Tienes que denunciar los últimos acontecimientos.

Ella la mira sin hablar. Aún tiembla.

—Ayer volviste a conectarte, ¿es que no has tenido bastante? ¿Con quién hablaste?

—Con Hope…

—¿Otro de tus amigos de redes? —pregunta su padre con expresión severa.

Martina asiente.

—Sí, y otro *fake* — confiesa—, creo que no resulta ser quien yo creía. Insiste en quedar conmigo, pero no se interesa por lo que le puedo contar.

—¿Y eso te extraña? —contesta su madre—. ¿Te das cuenta de que no escarmientas? ¿No comprendes los peligros que corres por confiar en desconocidos?

Su padre también se une, apoyando una mano cálida sobre la suya.

—Claro que te das cuenta, aunque sea tarde. No estás sola, ¿vale? Hemos hablado con una psicóloga que te puede ayudar. Esto tiene que acabar y va en serio, corres peligro, Martina.

Martina traga saliva. Tiene la garganta seca.

—Lo sé, pero hay una cosa que tenéis que saber… Yo también soy culpable —murmura por fin, aliviada—. También le hice daño a Lía, una compañera de clase. Me inventé un perfil, me hice pasar por un chico y contacté con ella, conseguí que me mandara fotos suyas, le mentí. Fue mi manera de vengarme de ella, pero ahora me arrepiento. Entiendo que lo que hice no es distinto de lo que me están haciendo a mí.

—Vengarte… ¿de qué?

—Ella me rechazaba, me ninguneaba y se burló de mí.

Sus padres intercambian una mirada breve. Es su madre quien habla ahora.

—Está bien que reconozcas tus errores, que asumas tu responsabilidad. Aunque llega tarde, es valiente por tu parte, y nos imaginamos que también es doloroso. Ha llegado la hora de la verdad.

—¿Crees que Lía podrá perdonarme? —susurra Martina.

—Tú misma tienes que empezar por perdonarte —responde su padre—. Después, poco a poco, pensarás en los demás, en el daño causado. Pero lo primero es protegerte. Vamos a encontrar al acosador y acabar con esto.

—Yo… Yo también soy culpable —murmura Martina.

—Pues sí, y tendrás que contarlo todo, desde el principio.

—Lo haré; Xavi me ha escrito y según me ha dicho, le ha llamado la policía, también tendrá que declarar, y los otros del grupo.

—¿Quién es Xavi? —preguntó su padre.

—Un compañero del Rincón Seguro, pero a él sí que le conozco de verdad.

Ningunos de sus padres les pregunta qué es el Rincón Seguro; están saturados y ya nada les puede sorprender, hay tantas cosas que ignoran de su hija…

La idea de ir a la comisaría, de explicar todo desde el principio, hace que Martina se sienta por primera vez en semanas más ligera. Como si hubiera abierto una puerta, como si despertara de una pesadilla y hubiera comenzado a recobrar su voz.

Al llegar, se encuentra con Xavi que ha llegado con su padre y le mandan a esperar. Martina, al lado de sus padres, está incómoda. No puede dejar de mirar el suelo. Xavi, sentado con su padre, mantiene las manos entrelazadas. El silencio se estira, denso. Cada vez que una puerta se abre, ambos dan un respingo.

Al otro lado, dos policías continúan analizando los últimos mensajes del portátil. Hay capturas, registros, perfiles cruzados. Pero el foco está en El Rincón Seguro.

—Este foro parece ser el núcleo —dice Gálvez, señalando el tráfico de mensajes entre Hope y varios usuarios—. Aquí empieza todo, y se ve que lo controlaba todo desde este sitio.

—Todos los caminos llevan a este tal Hope —añade otro agente—, y luego al tal Lobo. Mismo patrón lingüístico, mismas horas de conexión, mismas IP.

—Vamos a necesitar a los chicos —concluyó Gálvez —diles que entren los dos.

Cuando los llaman, Martina siente que el estómago se le retuerce. Aun así, entra junto a Xavi; ambos están nerviosos y se miran como para darse fuerzas.

—Martina, Xavi. Necesitamos vuestra ayuda para entender mejor cómo funcionaba el Rincón Seguro. Sabemos que tú, Xavi, entraste mucho antes, y que tú, Martina, también perteneciste al grupo. Martina, háblanos de tu experiencia.

Martina asiente, bajando la mirada.

—Era un lugar para hablar... sin filtros. Como un refugio. Pero luego, decidí salirme, estaba harta, sentía que no avanzaba. Así se lo dije a Samuel.

—¿Cómo reaccionó Samuel cuando decidiste dejar el grupo?

—Se lo tomó bien, me preguntó por qué, si tenía nuevos amigos y eso… No se enfadó.

—Y ¿qué me puedes decir de Hope?

—Conocí a Hope en redes, ya como @AylaRoja, y empezamos a hablar, le conté cosas sobre mí, que había dejado el grupo porque sentía que no avanzaba, nada especial, que estaba deseando liberarme…esas cosas que se cuentan a los amigos. Me propuso quedar. Me pareció raro.

—¿Alguna vez tuviste sospechas de quién era? —preguntó un agente.

—¿Quién? ¿Samuel o Hope?

—Los dos.

Martina niega, sacudiendo la cabeza.

—¿Qué era para ti el Rincón Seguro, Xavi?

—Un lugar de encuentro, un desahogo o algo así, un lugar donde compartir problemas con gente de tu misma ciudad. Cuando me registré, no noté nada raro en Samuel, aunque tal vez, demasiado interés por su parte en lo personal. Preguntaba mucho y quería saberlo todo, como si recopilara datos para un experimento.

El agente intercambió una mirada con el subinspector que comentó:

—Es el típico patrón del acosador.

—Gracias por vuestra colaboración. Pronto localizaremos a Samuel. Y con la información que tenemos… procederemos a su detención.

Al terminar de declarar, Martina siente una mezcla extraña de alivio y miedo. Sabe que el final se acerca y empieza a comprender, aunque tarde, que no todos los monstruos se esconden en la oscuridad. A veces usan nombres dulces, dicen querer ayudarte y otras veces, se sientan al otro lado de la pantalla.

Ismael, un joven agente metódico con gafas y manos hábiles, se inclina sobre su pantalla, mientras el subinspector observa desde atrás.

—Aquí —dice el técnico—. Hay algo en la caché del navegador. Mensajes de la cuenta de @HopeLight, pero lo más inquietante es esto…

Menciona una dirección encriptada, un foro, un lugar oculto al ojo común.

—Hay una conexión con otras cuentas y una me preocupa en particular. No está completa, pero sí lo suficiente para vincular a Hope con el Rincón Seguro. Y este alias se vincula a otro correo electrónico.

—¿Se puede saber a quién pertenece?

—Lo sabemos ya; cuando tuvimos la autorización judicial, Meta nos entregó los *logs* de conexión de esta cuenta.

—¿Y?

—Varias IP. Una fija, usada desde hace meses, entre las 21:00 y las 3:00. Hemos cruzado datos con el operador:

—¿Y bien? —pregunta Gálvez.

—Pertenecen a un tal Samuel Navarro Ruiz, domiciliado en la Calle Virgen Blanca, 5, 1ºB de Granada.

Le comentan el hallazgo a Xavi, que queda impactado con la noticia, como si le hubieran golpeado en el centro del pecho.

—Samuel... no me lo puedo creer. Es el moderador del grupo y quien creó el Rincón Seguro. Martina confiaba en él...todos lo hacíamos.

El Subinspector Gálvez asiente, frunciendo el ceño.

—¿Qué más tenemos?

—Aquí hay registros de acceso. Samuel inició la sesión desde una IP fija... la misma que coincide con otra cuenta vinculada a publicaciones bajo el alias de @LoboEstepario.

La habitación parece encogerse.

—Entonces, ¿Hope, Samuel y Lobo…? —pregunta Martina.

—Son la misma persona —les confirma el técnico—. Tenemos suficientes pruebas para detenerlo.

—Comprueba la dirección en la base de datos del DNI —le dice Gálvez.

Ismael procede a introducir los datos y la búsqueda confirma la dirección de Granada.

—Mira a ver sus antecedentes.

—No tiene.

El subinspector no duda.

—Vamos a por él ahora mismo, sabe que le pisamos los talones después de escapar el otro día, y lo más probable es que intente huir. El secretario judicial está al corriente y nos espera con la orden de registro. Sabe que le pisamos los talones, después de que casi lo pillamos, y lo más probable es que intente huir.

Xavi asiente en silencio, sintiendo cómo se le eriza la piel. Lo ha tenido delante. Ha compartido espacio virtual con él, lo ha leído, incluso lo ha admirado por momentos.

Afuera, la ciudad sigue latiendo como si nada hubiera pasado, pero el velo se está levantando. Samuel Navarro, aunque todavía no lo sabe, ha dejado de cazar en el bosque, y esta vez, es él el acechado.

Capítulo 14

El cazador cazado

El subinspector Gálvez, junto a otro agente, se presenta en la dirección de Samuel y llaman al timbre de la portería. En vista de que no contesta nadie, pulsan otros timbres hasta que un vecino les abre la puerta del portal; suben por la escalera mientras un coche de apoyo de radio patrullas vigila la entrada del edificio. Llaman a la puerta y tienen que insistir hasta que, desde el interior, se oye una voz que pregunta:

—¿Quién es?

—Un paquete de Amazon para Samuel Navarro —contesta Gálvez.

Samuel, a través de la mirilla, ve a un hombre de mediana edad con una caja de cartón, que Gálvez la había cogido previamente en el contenedor en frente del edificio, y confía:

Samuel les abre:

—Yo no he pedido nada…

Al verlos, palidece, mientras Gálvez le muestra su placa y se identifican los dos como policías, impidiendo que cierre la puerta. Los agentes ven una maleta en la entrada y Samuel lleva chaqueta, un pantalón y una camisa clara; estos detalles y su expresión de nerviosismo les confirma que, por lo visto, estaba a punto de dejar la ciudad.

—¿Es usted Samuel Navarro Ruiz?

Samuel asiente.

—¿Iba a alguna parte?

Samuel no contesta.

—Permítame su documentación, por favor.

Una vez identificado, le informan:

—Queda usted detenido por acoso a menores, amenazas, posesión y difusión de material pornográfico de menores.

Le informan de sus derechos, le entregan la orden de registro y entran en la casa acompañados del secretario judicial para intervenir todos los dispositivos, susceptibles de haberse utilizado en la comisión de los delitos de que se le acusa; también le indican de que si no tiene abogado, se le asignará uno de oficio para, acto seguido, ponerle las esposas.

Samuel entra en la comisaría esposado, pero con paso firme, casi altivo. Le hacen pasar a un despacho para tomarle declaración. Mientras esperan al abogado de oficio, el policía, sentado al otro lado de la mesa, inicia las diligencias y se prepara para tomarle declaración. Llega por fin el abogado y comienza la declaración.

Durante los primeros minutos, las preguntas son rutinarias, las generales de ley, cómo se fundó el grupo, qué tipo de actividad permite, quién lo supervisa. Samuel responde a todo con soltura, con un tono profesional, casi protector.

Pero luego, Gálvez cambia de estrategia y pregunta, a bocajarro:

—¿Conoce estos nombres de usuario: @HopeLight, @LoboEstepario, @AlexanderGold, @AylaRoja, @GirlOnFire?

Samuel parpadea y este gesto, apenas perceptible, no se le escapa al subinspector Gálvez.

—Creo que… he oído hablar de algunos. No lo recuerdo con exactitud.

—Pues a ver si le podemos refrescar la memoria. Mire con atención lo que le voy a enseñar.

Gálvez gira la pantalla y le enseña las capturas de mensajes, las IP coincidentes, su mapa de actividad. Samuel traga saliva.

—Esto…puede haber un error—intenta—. A veces uso redes compartidas. Cualquiera podría haber usado mi wifi.

—¿Incluso para chantajear a una menor con imágenes íntimas? —pregunta Gálvez con tono cortante.

Samuel se queda en silencio. Por primera vez, su fachada muestra grietas.

—No sabía que esa chica era menor—murmura al fin—. Yo solo hablaba con ella. Fue ella quien se expuso.

—Le escribías como Hope pero también como Lobo. No solo a Martina, sino también a @GirlOnFire, y a Lía. No lo niegue, tenemos pruebas —dice Gálvez con frialdad.

Samuel mira el suelo. Cuando levanta la vista, ya no sonríe.

—Señor Navarro, ¿confirma usted que esta cuenta de Instagram, @LoboEstepario, fue gestionada desde su red doméstica?

Samuel no contesta, solo mira a su abogado.

—Mi cliente no va a declarar sobre esos hechos.

Gálvez resopla y le enseña una foto desenfocada, captura del video de Martina.

—Esta imagen fue subida desde su portátil y distribuida por otras cuentas, todas creadas desde la misma IP. ¿Algo que decir?

—Esto no prueba que fuera yo. Alguien pudo usar mi Wifi.

—Usted amenazó a una menor. A la vez que le muestra la pantalla, añade: usted le dijo:

«Zorra traidora, te crees muy lista tendiéndome una trampa. Hablaste con la policía, en serio, Martina, eres más tonta de lo que pensaba. No sabes lo que has hecho, te vas a enterar muy pronto».

¿También fue otra persona desde su Wifi?

El abogado pone su mano en el brazo de Samuel y dice:

—Mi cliente se acoge a su derecho a no declarar.

—Como quiera. El informe pericial es concluyente, ha acosado a una menor, ha publicado material pornográfico grabado sin consentimiento, ha amenazado…

—¿Y qué queréis que diga? ¿Que me equivoqué? ¿Que solo era un juego? La verdad no obligué a nadie a subir nada. Supongo que ella jugaba a ser visible. Yo le di lo que buscaba.

—Y también la citaste en lugares apartados, ¿cazarla formaba parte del juego?

Samuel suspira y murmura:

—No era yo…

—¿Cómo que no eras tú?

—No era yo el que lo hacía, sino el lobo que llevo dentro.

Gálvez lo mira con calma y le dice:

—Aquí termina el interrogatorio. Si prefiere seguir mintiendo, lo hará ante un juez.

Una vez informado de sus derechos, ordena que lo ingresen en el calabozo. No se resiste mientras se lo llevan. Solo añade:

—Solo era un juego, nunca pensé en hacerles daño.

Antes de que abandone la sala, Gálvez le mira a los ojos y le dice:

—Claro que lo pensaste, jugaste con ellas porque para ti no eran personas sino presas. Pero lo son, las hiciste sufrir y ahora, el que sufrirá serás tú.

* * *

Al día siguiente, Martina vuelve al instituto. Sus padres han intentado disuadirla, pero está decidida a asumir la responsabilidad de sus actos, y hacer frente a las consecuencias. Sin saber de dónde saca la fuerza, entra en el patio, luego en el edificio. Escucha los susurros, percibe las miradas como cuchillas en los pasillos, ve cómo algunos la miran, se apartan, mientras otros se ríen sin disimulo. Una chica de primero le saca una foto sin permiso, mientras finge hablar con el móvil, y un grupo de chicos se burla de ella en voz alta.

Martina baja los ojos, los ignora a todos y sigue caminando. Sabe que lo ha perdido todo, menos el apoyo de su familia. Y también sabe que sigue viva. Y eso, por ahora, tiene que bastar.

CAPÍTULO 15

Cerrando heridas

Días después de que todo haya terminado, Martina recibe un mensaje de Gema.

Tenemos que hablar, Martina, sé que lo sabes.

Sí, Martina lo sabe, mejor dicho sospecha la verdad, aunque no ha hablado de ella con la policía, pero el mensaje se lo confirma. Sin embargo, leerlo en palabras de Gema le duele de otra forma, es algo más hondo y más personal.

Quedan en una cafetería discreta, lejos del instituto de Martina. Cuando llega, ve a Gema sentada. Ha llegado primero. Está pálida, parece nerviosa.

Martina se sienta frente a ella, no la saluda ni le sonríe. Simplemente le espeta:

—¿Por qué?

Gema no contesta de inmediato. Parece sopesar cada palabra antes de hablar.

—Estaba llena de rabia —dice al fin—. Sentía que tú me habías dejado atrás, que te habías olvidado de mí. Y luego empecé a verte cambiada, más segura, con más seguidores. Y yo…no podía soportarlo.

Martina no habla, solo escucha sin dar crédito.

—Sabía cómo hacerte daño y lo hice. Cada vez que lo hacía, me odiaba un poco más, pero no podía parar. Me convertí en otra persona. No sé cómo llegué tan lejos, yo…

—Sí, lo sabes —la interrumpe Martina, con voz queda pero firme.

Gema la mira sin comprender.

—Lo hiciste porque podías —continúa Martina—, porque te sentías con derecho a herirme. Y porque dolía menos sentirte fuerte y cruel que admitir que estabas rota.

Gema aparta la mirada.

—Tienes razón.

—Me gustaría no tenerla, me gustaría equivocarme.

Silencio.

—Lobo te ayudó, ¿verdad? —pregunta Martina de pronto.

Gema niega, sacudiendo la cabeza.

—La idea de crear el perfil de @GirlOnFire fue mía. Quería vengarme, hacerte sentir mal igual que yo me sentía, me escondí en el anonimato de las redes para dañarte. Pero él se fijó en mí, por lo visto me observaba desde el principio. Me manipuló, me utilizó, fingiendo abrirme los ojos y protegerme. Pero en realidad, solo quería más fuego, más caos, causarte más dolor.

Martina asiente lentamente.

—¿Sabes lo que más me duele? No es el odio. Es pensar que viene de ti. Tú fuiste importante en mi vida. Tú eras mi amiga, mi refugio, cuando todo iba mal. Y de pronto, tú también me odiaste.

—Pero tú me abandonaste y me dejaste sin más…

—Es cierto, pero esto no justifica tus actos ni tu crueldad.

—Lo sé y sé que no puedo pedirte que me perdones.

Gema llora ahora, no puede evitarlo.

—No puedes pedirme nada.

—Solo quería decírtelo. Asumir la responsabilidad de mis actos. Sé que no tengo excusas.

Martina la mira largo rato.

—No, no las tienes. Aun así, te perdono, Gema, no significa que olvidaré lo que ocurrió pero quiero pasar página. No olvidaré esto, pero si decido olvidarte a ti.

—Estás en tu derecho.

—No necesito que me lo digas, lo sé. Dicen que perdonar te permite avanzar, que es como aligerar el equipaje, para no viajar cargado de rencor. Es cierto, pero aun así, cuesta. Sin embargo, tampoco te deseo nada malo, ni que pases por lo mismo que yo. Solo te pido una cosa.

—Lo que sea —contesta Gema, esperanzada.

—Mantente lejos de mí.

Gema asiente.

—Descuida, lo haré. No volverás a saber de mí.

Gema se levanta, da un paso y antes de marcharse, se gira.

—Gracias por no gritarme, por no humillarme. Sé que lo merezco, pero gracias, igualmente.

Y se va. Martina se queda ahí, con el corazón abierto, sangrando por esta herida antigua. Pero algo ha cambiado. Es ella quien decide qué hacer con ese dolor. Y esta vez, no lo convertirá en odio.

Epílogo

Han pasado algunas semanas. El nuevo instituto aún me resulta extraño. A veces me pierdo por los pasillos, otras siento que todos me miran como si ya supieran algo. Pero yo no soy la misma. Me lo repito cada mañana frente al espejo. «No soy la que fui». Y esto está bien.

Voy paso a paso. Sin Internet, sin redes y sin máscaras. Solo yo, con mis dudas, mi historia, y mis ganas de empezar de nuevo.

Xavi estudia en otro centro pero nos escribimos casi a diario. A veces una canción, otras, solo un «¿Cómo va el día?» Es suficiente. Saber que alguien de verdad me ve, sin filtros ni máscara me recuerda que merezco algo mejor que el miedo.

Ya no entro en foros ni busco refugio en redes. Ya no espío vidas ajenas ni me oculto detrás de otros nombres que no son míos. Todo eso quedó atrás y, aunque me duela recordarlo, he elegido vivir de verdad.

Todavía tengo pesadillas y acudo a terapia. Aún desconfío, a veces de una risa en el pasillo o de unos pasos detrás de mí. Pero ya no me paraliza.

Gema no ha vuelto a escribirme. Aunque le perdoné, no quiero saber nada de ella, nunca más. Dicen que el tiempo todo lo cura, pero no olvidaré nunca lo que pasó, ni la dejaré volver a entrar en mi vida.

Tampoco me considero perfecta ni ejemplar. Sé que en algún momento fui igual que ella, incluso peor, con Lía. La única diferencia es que Lía no era mi amiga y en este aspecto, no hubo traición por mi parte. Solo odio, rabia y venganza. No quiero justificarme. Sé que me porté fatal y que no tengo excusas. El odio y la venganza nunca son buenos consejeros.

Con Lía hablamos, intercambiamos unas palabras sinceras. Le pedí perdón, reconocí mis errores; ella entendió que no era yo quién había difundido sus fotos, que Lobo me las había robado. Sé que nunca seremos amigas, ni nos volveremos a ver, pero quise aclararlo todo y asumir la responsabilidad de mis actos. Y después de haberlo hecho, me siento mejor, más ligera.

No solo cambié de instituto, sino que cambié de vida. Cerré todas mis cuentas, y aunque ya no uso Internet, conservo solo mi perfil de Instagram, @SimplyMartina, el único verdadero, donde siempre fui yo, simplemente yo. No habrá más máscaras ni más juegos.

Xavi y yo nos vemos a menudo, y tratamos de olvidarlo todo. Él me ayuda como siempre lo hizo y nos apoyamos, nos contamos casi todo. Y eso, para los dos es un comienzo.

* * *

MARTINA

Ha pasado casi un año desde que caí en la trampa de Lobo y viví un infierno, un año desde que estuve «enREDada», sin encontrar salida, y sin esperanza. Pero lo logré, gracias a mis padres que denunciaron el acoso a la policía y a Xavi; logré escapar de sus garras.

Hoy, por fin, puedo escribir desde la calma y con las heridas sanadas, a mi yo del pasado:

Querida Martina del pasado

Sé que te miras al espejo con ojos duros y cansados, que escuchas voces que te dicen que no eres suficiente, ni lo bastante delgada, ni lo bastante guapa; sé que para tí, la comida es una tortura, que cuentas calorías transformando el acto de comer en un castigo, que te sientes atrapada en una cárcel invisible que construiste sin darte cuenta. Pero quiero que sepas algo: no eres esa voz, no eres esos miedos.

Eres una chica con sueños y miedos, con heridas que nadie ha sabido ver, con ganas de vivir pero que no sabe cómo empezar. Eres mucho más que esos números en la báscula que reflejan tu peso, o esos comentarios crueles que han hecho creer que pueden definir tu valor.

Querida Martina del futuro

A ti, Martina del futuro, solo te digo:

No permitas que vuelvan a controlarte esas obsesiones que te roban la vida. Aprende a quererte, aunque sea poco a poco, a aceptarte como eres aunque duela. Cuida tu cuerpo como un lugar sagrado, como un templo, porque lo es. No te definas por estándares ajenos, ni por unas ideas erróneas de la belleza. Eres hermosa por ser tú.

No te escondas en la comida, ni en la ausencia de ella. No vivas para satisfacer a nadie más que a ti misma. Que tu cuerpo y tu mente encuentren la paz que merecen. Has aprendido que refugiarte tras pantallas y perfiles falsos no llena el vacío, solo lo hace más grande. Que la verdadera seguridad está en la verdad, en las personas que te aceptan sin condiciones, esas son las conexiones verdaderas que te dan fuerza.

Recuerda que el Rincón Seguro cerró porque no era un refugio real sino una trampa. Aprendiste a buscar otros caminos, a soltar el peso del pasado. Cambiaste de instituto, de entorno, y empezaste a escribir tu historia con menos miedo y más luz. No te puedo prometer que el camino será fácil, pero sí que será tuyo, auténtico y libre.

Para mí misma, ahora

Ya no quiero vivir prisionera de estándares que nunca pedí. Quiero sentir, reír, equivocarme y aprender sin culpa. Quiero compartir tiempo con personas reales, de carne y hueso, no en la fría soledad de mi habitación frente a una pantalla.

Este es mi camino, con heridas y cicatrices, pero también con esperanza. Sé que no es un final, sino un comienzo y a partir de ahora, decido escribir mi historia con la pluma de la libertad.

NOTA DE LA AUTORA

Si estás leyendo esto, gracias. Gracias por acompañar a Martina en su historia, que a veces duele y otras muchas, asusta. Es dura, pero también nos muestra que, incluso en medio del caos. siempre hay una salida.

No escribí esta novela para dar lecciones, ni para determinar lo que está bien o mal. La escribí porque durante años, escuché historias parecidas. Porque a veces, yo misma fui como Martina, o como Gema, o como Xavi. Porque en algún momento, a su misma edad, yo también me sentí perdida, sola, o con la sensación de que nadie me veía de verdad.

Recuerda que las redes pueden parecer un refugio, pero que se puede convertir en una prisión y también en una trampa. Y a veces la trampa no solo está fuera, sino dentro de nosotros. En ese espejo que nos devuelve una imagen que no nos agrada. En las ganas de gustar a cualquier precio. En nuestra obsesión por tener un cuerpo perfecto, con encajar.

Este libro es para ti si alguna vez te sentiste así, si alguna vez quisiste acabar con todo, o si, como Martina, estás buscando el valor para volver a empezar. Con más verdad, con más amor y con menos miedo. Recuerda que no estás sola.

Biografía de la autora

Michèle Rodríguez es una escritora francesa, nacida el 26 de octubre de 1959 en Ghardaïa (Argelia). Pasó su infancia en Normandía, en la región de Caen, donde cursó sus estudios universitarios, licenciándose en lengua española y lenguas extranjeras aplicadas.

Es autora de varios libros como La isla de la imaginación, El asombroso viaje de Pluma de Ángel, Intemporalis, Las confesiones del Fénix, El triángulo del silencio y Cárceles de tinta.

En abril de 2024 publicó, de la mano de Henko Ediciones, la novela infantil El bosque del miedo seguida por Siete días en Onyria en septiembre de 2024, Lo que esconde el espejo en abril de 2025 y Axel, mi amigo invisible en diciembre de 2025.

ÍNDICE

PARTE 3 CAZA

www.ingramcontent.com/pod-product-compliance
Lightning Source LLC
LaVergne TN
LVHW090600110826
845146LV00001B/198
9791399102550